悪役令嬢は夜告鳥（ナイチンゲール）をめざす

さと

B's-LOG BUNKO
ビーズログ文庫

CONTENTS

VOL.01

XXXX.XX.XX

AKUYAKUREIJO HA NIGHTINGALE WO MEZASU.

WRITER:SATO　ILLUSTRATOR:SUZUKA ODA

ギルベルト
小説ではメインヒーローだった、
この国の第二王子（ツンデレ）。
ひょんなことからリーゼリットを
婚約者に指名するが、
そこには秘められた思惑が…？
リーゼリット
気がついたら、
前世で読んでいた小説の
悪役令嬢に転生！
看護師だった経験を活かし、
この世界の医療環境の
改善をめざす！
悪役令嬢は夜告鳥をめざす
ナイチンゲール

CHARACTER

＋ セドリック ＋

自国医療の第一人者である
ヘネシー卿の子息。
年齢よりも大人びており、
リーゼリットのよき相談相手。

＋ ファルス ＋

聡明で優しい雰囲気の
第一王子。
小説では冒頭から
死亡している設定だったが、
リーゼリットが命を救った。

OTHER CHARACTER

＋ エレノア ＋

小説に登場する「乙女ゲームの
ヒロイン」で男爵令嬢。
ファルス殿下に気に入られる。

＋ レヴィン(レヴィ) ＋

リーゼリットの三歳下の従弟。
彼女を「リゼ姉さま」と呼び、慕う。

＋ ナキア ＋

リーゼリットの侍女。

＋ レスター ＋

リーゼリットの統計学の教師。
大変優秀だが、
たまに挙動不審なことも。

＋ カイル ＋

リーゼリットの護衛。

＋ ベルリッツ ＋

ロータス伯爵家の執事長。

イラスト／小田すずか

一章◆まずは状況把握と参りますか

喘ぐように飛び起きると、周囲の光景は想定とはまったく異なるものだった。

窓にかかる一目で高価とわかるカーテン、細やかな刺繍が映えるベッドカバー。

視線を下した先の手は幼く、肩からはらりと下りた一房の髪は淡い金色をしている。

……ん？　……金？

「リーゼリット様、お早いお目覚めですね」

落ち着いた色のドレスを身にまとった女性が振り返り、柔らかく微笑む。

なぜか、どちらさまですか、とはならない。侍女のナキアだ。

呼ばれた名前も聞きなじんだものだった。

でもどこかおかしい。私はごく普通のマンションに一人暮らししている黒髪の日本人で、リーゼリットとかいう名前ではなかった。仕事に明け暮れ、お風呂でネット小説を読むのが日々の楽しみという立派な喪女だったはずだ。

それもついさっきまで入浴中で、睡魔に負けたのか、頭の先までお湯に包まれていたはずで……。

すう、と大きく息を吸い込むと、最後に感じたはずの息苦しさはみじんもなく、部屋に飾られた花が柔らかく香る。窓から差し込む光が部屋を鮮やかに染め——

「……熱でもあるのですか？」

額に添えられた掌からは、じんわりとした温かみを感じた。

これが夢でないなら何なのか。考えたくはない、けど、疑いようもない……っ！

——私、お風呂で溺れて転生しました。

う、う…うそでしょ……よりによって溺、死……？　素っ裸で……？

この場合、発見っていつ誰がするの。仕事は？　休講の連絡は誰がしてくれるの？

今日の会議の議事録にまだ手をつけてないし、一週間後に迫った看護実習の準備も、年内に発表予定だった科研費での論文も。

レポートの評定だってまだつけ終わってないんだけど、え、これどうしたら……。

あまりのことに項垂れ、頭を抱えるしかない当人をよそに、ナキアは着々と私の身支度を整えていく。

「昨日の疲れが出たのでしょうか。体調が優れないようでしたら、医者をお呼びしましょうか」

穏やかに声をかけられながら、背中まである髪を丁寧に梳かれる。

するすると櫛が通るたびに徐々に動悸がおさまり、思考も落ち着いてきたように思う。

色彩も温度も香りも感触も、今はこれが現実なのだと伝えてくる。

……あちこちに迷惑をかけるけど、前世のことはもう考えたって仕方ない。

まずは、ここがどういう世界なのかを確認しなくては。

たしか私は、昨日初めて領地を出たのだった。

半日はかかる距離を延々と馬車に揺られ、王都の別邸に到着したところなのだ。

二年後に迎えるデビュタントを前に、少しでも王都に慣れさせようという親の意向のもと、社交シーズンをこっちで過ごすために。

今日は王都を散策する予定だったから、現状を把握するにはもってこいのはず。

「いいえ、予定通りで大丈夫よ」

「かしこまりました、ではそのように。さあ、整いましたわ」

差し出された大きな鏡に映るのは、勝気そうなエメラルドグリーンの瞳が印象的な少女だ。緩いウェーブを描く金髪は二つに結い上げられ、華奢な体に薄桃色のドレスが似合っていた。

リーゼリット・フォン・ロータス、御年十四歳。

あちこち読みふけったうちの一つかなあとは思うのですが。

悲しいかな……どの小説の登場人物か、わかりません。

侍女のナキアと護衛のカイルを伴い、いざ行かん王都散策へ。

本日の予定は、数日後に開催されるお茶会のドレス調達がメインだ。

時間が許せば図書館にも寄ってみたい。

魔法とか聖剣の伝承とか、何かこの世界のヒントがあるかもしれないしね！

馬車は御者を含めた四人を乗せ、今日も今日とてごとごと進む。

車窓から臨むレンガ造りの町並みは、古き良きヨーロッパを思わせるものだ。

馬車の行き交う大通り沿いにはガス灯が並び、軒を連ねる店舗は賑わいを見せている。

前世でヨーロッパに行きたくても行けなかった身としては、目にも楽しいプチ旅行感覚。

ただ難点を言わせてもらうとすれば、石畳で舗装された道は昨日さんざん馬車に揺られたお尻にはきついってことと、車窓から眺めるだけでは世界観のヒントはまるで出てこないってことね。

せめて消去法で絞っていこうと試みてはいるんだけど、屋敷の中にも町にも奇抜な髪色の人はいないし、魔法を使っていたり、人ならざる者が跋扈している様子もない。

連載・完結含めざっと五十は読んだ転生もの小説のうち、年代や地域が異なる作品を省いてみても、西洋風の世界観が大半すぎてほとんど絞れないのだ。

カタカナの名前ってどうにも印象が似通うしなあ。記憶力お察しの私には、どの小説の登場人物が何て名前だったかという組み合わせすら怪しい。

……というか、そもそも私は主人公なの？

もし悪役令嬢なら早めに対策をとらないといけないけれど、モブや主人公の友人レベルなら第二の人生を謳歌したっていいのよね？

今世の私はなかなかにかわいらしい外見で、跡継ぎもいる名門伯爵家の三女だ。

お姉様たちの嫁ぎ先を踏まえると、政略結婚が必須という立場でもないように思う。

前世ではひたすら喪女を貫いてしまった私だが、大恋愛を繰り広げることだって不可能ではないのだ。

どうかここは一つ、モブでお願いしたい！

誰にともなく祈っていると、大きな音と何人かの悲鳴が耳に届いた。

そちらに目を向けるやいなや、反対車線を馬車が猛スピードで通り過ぎていく。

車窓から身を乗り出せば、今の馬車に轢かれたのだろう、道路脇に青年が倒れているのが見えた。人は集まっているが騒然としていて、適切な対処がとられている様子はない。

「止まって！　止まりなさい！」

日傘の柄で馬車の天井を叩いて合図を送り、懐中時計で時刻を確認する。

ほどなくして速度が落ちた馬車から飛び降りると、すぐに人垣へと駆け出した。

「リーゼリット様⁈　危なっ……、お待ちください！」

一分一秒でも惜しいこんなときに、待ってなんていられるわけないでしょ⁈

ドレスを翻して人波をすり抜け、カイルを振りきり駆けつける。

人垣の中心である歩道の一角には、血を流し力なく横たわる青年の体を、二人の黒髪の青年が揺り動かしていた。友人だろうか、すっかり血の気の引いた顔になっている。

周りの大人たちは今もなお突っ立っているだけだ。

――っ、誰も、何もしないつもり⁈

「揺すらない！」

見ているだけの大人たちに怒りすら覚え、ずかずかと前に進み出る。

「ゆっくりと、仰向けに横たえて」

青年たちの手が止まるが、訝しむように私を見るだけで動こうとしない。

一介の少女に何ができると思ったんだろう。

気持ちはわかるが、今ここで問答したところで状況は好転しないのだ。

「迷っている余裕が？」

一刻を争うとの意を込めて告げれば、二人は指示した通りの行動をとる。

「医者は呼んだのよね？　ご両親への連絡がまだなら、あなたが報せなさい」

近くにいた背の高い方の青年に声をかけると、一瞬だけもう一人の青年を見やったのち、弾かれたように駆け出していった。何人かの大人も、医師を呼びに走り出したようだ。

それを視界の端に捉えながら、横たわる青年の傍に膝をついた。

体格から見るに、おそらくは十六、七歳くらいの年齢。ざっと見てわかる外傷は二センチほどの額の傷くらいか。流れた血が茶色の髪を赤黒く染めてしまっている。

取り出したハンカチの上から額を圧迫止血し、そのまま顎を持ち上げて気道を確保する。

頬を口元に寄せ、吐息と胸元の動きがないか確かめるが、どちらもなし。

顎に添えた指をスライドさせて頸動脈に触れてみても、拍動は感じられなかった。

懐中時計の針はあれからすでに五分が経過したことを示している。

……呼吸が止まってから、心臓が止まってから、何分だ。

額に嫌な汗が伝うけど、立ち止まっている時間はない。

「そこのあなた、手を借りるわ。同じように固定して」

残った方の青年に頭部を任せ、即座に手を組み胸骨圧迫を開始する。

肘を伸ばし、自分の体を沈み込ませるように押しながら、周囲へと指示を飛ばす。

「事故の状況が、わかる人はいる？　医者が来たら、説明できるよう整理を。それ以外の人は、やり方をよく見て、覚えなさい！　右の人から順に、代わってもらうわ！」

ＡＥＤなんてもの、絶対ここにはない。

大人たちの様子からして、心肺蘇生法を知る人がこの中にいるとも思えない。

だからといって、医師が来るまで私一人で続けられるものではないのだ。

ただの野次馬になんてさせてやるものか！

　時折コツの説明を織り交ぜて続け、五十回を過ぎたあたりで交代をする。

　流れる汗をぬぐい、乱れた息を整えながら手技を見守った。

「テンポがとてもいいわ。もう少し上体をかぶせて、両の掌が沈み込むように」

　青年の体格からすれば、力加減はこのくらいが妥当だろう。

　その場の誰もが初めてだろうに、思いのほか形になっている。周りを囲む大人たちの表情は今や、自分たちで助けようという気概が感じられるものになっていた。

　ただ、横たわる青年はまだ意識が戻る様子はなく、唇は青くかさついていて、どう考えても酸素が足りているようには見えない。

　前世で受けた直近の講習では人工呼吸不要とあったけど、ろくに酸素を含まない血液を回したところで蘇生率は上がらないという論文もあった。

　その場に正確な方法を知っている者がおり、感染などの恐れがない場合は、これまで通り人工呼吸が推奨されるというものだ。

　逆に、胸骨圧迫のみを絶え間なく行う方が蘇生率が高いというものもあったが、データの論拠はどうだったか。

　……不精していないで、どちらが正しいか検証しておけばよかった。

「ナキア、ハンカチを貸してくれる？」

不安げな顔の侍女からハンカチを受け取り、横たわる青年の口元に広げ、青年の鼻をつまんで顔を寄せていく。

「お、おい」

向かいの青年からも、周囲からも戸惑いの声が漏れるが、構うつもりはない。

「リー、……っ」

ちょうど胸骨圧迫の担当だったカイルを掌で制して、ハンカチ越しに唇を合わせた。

いや、正確には唇を覆った、だな。

青年の口全体を覆うように目いっぱい口を開いて、ため込んだ空気を吐き出す。

片目で青年の胸が膨らんだことを確かめて、もう一度空気を送り込んだ。

「カイル、すぐに続けて。三十回押したら、今のを繰り返すわ」

こちらを凝視したまま時が止まったようになっているカイルを促す。

再開された胸骨圧迫に一息ついたところで、向かいの青年と目が合った。

キャスケットを深々とかぶり、目元までかかった黒髪のせいでわかりにくいが、赤みの強い褐色の瞳だ。

意志の強そうなその目が、理解できないといった風にひそめられていた。

「……こんな往来で、慎みがないのか」

周囲の反応や、その訝しげな表情から察するに、人前でのキスなんてものは、この世界ではたしなめられるのが一般的なのだろう。

人工呼吸の知識など皆無だろうし、今のを医療行為だとは思いもしないか。

うん、まあ、なんとなくそんな気はしていたよ。

「慎みで人が救えるならそうするわ」

これは交代しないから安心して、と言い添え、三十の合図に再び唇を寄せた。


何人か胸骨圧迫を交代し、五回ほど人工呼吸を繰り返したところで、吹き込んでいた空気に抵抗がかかる。

慌ててハンカチを外すと、軽いむせこみの後、青年の呼吸が戻ったのがわかった。

うっすらと青年の瞼が上がり、あちこちから歓声や安堵の吐息が聞こえてくる。

焦点がまだ定まっていないのか、色素の薄い金の瞳がぼんやりとこちらを見ている。

「よかった……。まだ動かないで、あとはお医者様に診てもらって」

時刻を確認すると、事故から二十分というところだった。

確実に助かるという保証はなかったのだ。なんとかなって本当によかった。

狙いすましたかのようなタイミングで医師も到着し、大人たちから状況を確認している。

一見しただけではわからない部位の治療が必要だとしても、私にできるのはここまでだ。

「皆様がいなければ叶いませんでした。ご助力感謝いたします」

周囲に向けて淑女の礼をとり、仕事は終わったとばかりに踵を返す。

浴びるほどの拍手や歓声の中、ふらつきそうな足を叱咤して。

子どもの体力のせいか安堵からくるものか、ひどく疲れた。

手や服に血もついてしまったし、いったん出直しね。

この後の予定をナキアと打ち合わせながら歩き出すと、背後から呼び声がかかった。

「待ちなさい。……君は、医者なのか」

まさかの医師当人の口から出た言葉に、思わず目をしばたいてしまった。

こんな小娘を捕まえて何をと言いたいところだが、この世界では前世よりも医学的知識が周知されていないのだろう。もしくは、医学自体が進んでいない世界なのか。

「残念ながら」

前世では看護師をしていた。その後、博士課程を経て看護大で教職に。

一般人よりは知識があるだろうけど、医師ではない。加えて、医療現場から離れてずいぶんたつから、実践ともなるといろいろあやふやだ。

だからもうこれ以上は無理ですよ、と念を押すような笑顔を返し、汚れたスカートの裾を翻して、今度こそその場を後にしたのだった。

「待て！」

カイルの手を借り、さあ馬車に乗り込もうというところで誰かに腕を取られた。

急なことに驚き手を引くと、その拍子に指先が触れたのか、キャスケットのつばが上向く。黒髪の奥へと陽が射し、その『誰か』の瞳を照らす。

白銀の睫毛に縁どられた、ルビーのような虹彩がいっそう際立った。

ああ。誰かと思えば、頭部固定を手伝ってくれた青年か。

赤みの強い褐色だと思っていたけれど、明るい陽のもとだとずいぶん印象が変わるのね。

青年は弾かれたように手を放し、一歩下がるとキャスケットを目深にかぶり直した。

とっさにとった己の行動を恥じているのか、視線が俯く。

「……驚かせてすまない」

「気になさらないでください。私の方こそ、手がお顔に当たりませんでしたか？」

逸らされた視線を追って覗き込むと、青年は一度瞬きをして、ああと頷いた。

再びこちらへと向き直った青年は、なぜだかどこか緊張した面持ちをしている。

「……さきほどの医者から、あの処置がなければ兄は助からなかったと聞いた。礼がしたい。屋敷に届けさせるから、名を教えてくれないか」

なるほど、あの子とはご兄弟だったのか。

ちゃんと躾けられてそうだし、この口ぶりだと良いとこのボンボンだろう。

格好から察するに、商家のご子息あたりか、それに扮したお忍びの貴族といったところか。歳はおそらく私と同年代くらい。となると、社交界で出くわすかもしれない。身元がバレるのは避けたいな。主に、はしたなさの面で。婚期が遠のきそう。

「当然のことをしたまでですわ。お兄様が一日も早く回復されますよう」

名乗るつもりはないことを滲ませた笑顔で返すが、相手は引き下がる様子を見せない。

「こちらから名乗れと言うのならばそうしよう。俺は——」

おっと。これ、断れない流れってやつか。

思わず口元がひきつりそうになっていると、カイルが私をかばうように進み出た。

「お嬢様は望んでおられません。お控えを」

何の目配せもしていないのに、絶妙な助け船。なんってできた護衛だ！

青年の視線が外れた隙を狙い、馬車へと乗り込む。

背後で呼び止める声が聞こえるが、気にしたら負けだ。

三十六計逃げるに如かず、これにて退散いたします！

いったん屋敷へと戻った私は、血で汚れたドレスを着替え、サンルームでティータイムに興じていた。表向きは優雅に、脳内ではばっちり作戦会議である。

何しろあの事故、とっさに首を突っ込んでしまいはしたが、イベントだったのかもしれないのだ。助けた相手による鶴の恩返し風ストーリーとか、ありえそうじゃない？

そう考えてあの青年の顔を思い出そうとしてみたけれど、状況が状況だっただけに、顔なんてろくに見ていなかった。無念だ……。

もしくは、脱出時に阿吽の呼吸を見せてくれた、この護衛が恋のお相手ってことも？

傍に控えるカイルへちらりと横目を向ければ、瞬きとともに小さな笑みを返してくれる。

ダークブロンドの毛足を一つに束ねた、二十歳そこそこの偉丈夫。

グレーの瞳に太めの眉が勇ましく見えるが、落ち着いていてとても頼りになるのだ。

護衛との恋物語もいくつか読んだけれど、カイルという名にピンとこない。

……そもそも、心肺蘇生法が必要なエピソードなんてどの小説にもなかったしなあ。

あの場は偶然行き合ったようなものだし、気にする必要はないか。

いや待てよ、……私の読んでいない小説が舞台ってことも？

ふとよぎった考えにぞっとする。何の予備知識もなくバトルで死亡とか、急に弾劾されて絞首台行きなんてのはごめんこうむるよ。前世は全裸で溺死、今世は無抵抗でバッドエンドまっしぐらとか、どんな悪行を積めばそうなるっていうんだ。

思わず遠い目になってしまうが、今頭を悩ませたところでどうにもならないか。

何しろ情報が少なすぎる。

今日は予定が押してしまったことだし、図書館での情報収集は後日に見送るとして、機会を見つけて病院には立ち寄りたいところだな。

名乗り出るつもりこそなくとも、あの青年の経過が気にはなるのだ。

「おくつろぎのところ失礼いたします」

口にした紅茶にほっこりしていたが、傍（かたわ）らからかけられた声に身を引きしめる。

全神経を総動員させて優雅に振り返ると、優（やさ）しげな双眸（そうぼう）にかち合った。

「血だらけでのご帰宅をお見かけしたときは、たいへん肝（きも）が冷えました。お怪我（けが）をされたわけではないと伺（うかが）っておりますので、旦那様（だんなさま）と奥様（おくさま）には内密にしておきましょう」

ですが、危ないことはほどほどになさってくださいねと締めくくるのは、ほっそりした体軀（たいく）を燕尾服（えんびふく）に包んだ我が家の執事長（しつじちょう）、ベルリッツだ。

目じりのしわと憂（うれ）いを帯びた表情に、細身の老眼鏡がとても似合っている。

その所作は指の先まで美しく、かつて夢見た理想のロマンスグレーそのものだ。

家の執事に五体投地する令嬢は外聞が悪いだろうと我慢（がまん）しているが、心の中は吹（ふ）き荒（あ）れる嵐（あらし）でいっぱいになっている。

「本題でございますが、予定されておりましたお茶会は中止となったようです」

「まあ、それは残念ね」

王都での初めてのお茶会だったのに。その分、空いた時間を情報収集にあてればいいか。

「王家主催（しゅさい）のお茶会が急遽（きゅうきょ）同日に開催されるためだとか。招待状がこちらに」

へ？　……いきなり、王家主催ですと⁈

渡された招待状には、紋章の刻印とともに、王子も臨席するとの記載がある。

令嬢もの小説の恋のお相手として、王子は鉄板だ。王家主催なら有名な貴族が集まるだろうし、情報収集にもってこい……なんだけれど、さすがに急すぎて心の準備が。

「お母様はご一緒なさるのかしら」

「いいえ。奥様はその日のご予定は何があろうと外せないとおっしゃっていました」

な、なんと……。たしかお父様とのデートじゃなかったか、放任が過ぎるぞ。

「リーゼリット様のマナーに関しましては、私から見ましても申し分ございません。ご安心ください」

「まあ……」

ベルリッツからの突然のお褒めの言葉に、じわじわと頬がほてっていく。

「わ、私、必ずやロータス家に恥じないふるまいをしてみせますわ……！」

「う、ぐ……、うぅ」

これが城と、いうものか。豪華絢爛な装飾品に、一糸乱れぬ衛兵たち。

目の前に広がる亜空間に奇声を発しそうになったけれど、傍らのナキアの腕にすがりつき、どうにか耐えきった。

唇に弧を描き、腹に力を込めて踵を上げる。視野は狭く、極力狭く。

ちょっとでも気を抜くと、観光したい病が化けの皮をバリッと破って出てきそうでね。

さて。いったい今、私がどんな状態かというと。

エスコート役のナキアと連れ立って城内をしずしず歩いているところなのだ。

すでに限界が近いというのに、なんとこの後、侍女は別室で待機だという。

ダメだ……一人でこの感動に耐えきれる気がしない。

「リーゼリット様、御髪が」

ドナドナされていく子牛にでも見えたのだろうか。

別れ際、ナキアはすぐ離れずに、結い上げた髪をそっと整えてくれた。

「髪飾りがよくお似合いですわ。本日もとてもお美しいですよ」

ナキアが褒めてくれた髪飾りは、淡いピンクゴールドの花と蝶のモチーフに、私の瞳と同じ色の宝石が散りばめられたもので、レースの細やかな黄色いドレスによく合っている。

実はこれ、先日助けた青年からの贈り物……と思わしき品なのよね。

あの後、隙を見つけていくつかの病院を回ってみたところ、『訪ねてきた金髪翠眼のご令嬢宛に託された』と言って、病院職員から手渡されたのだ。

無事かどうかを確認したかったのに、青年は病院に搬送されておらず、同封のカードには『あなたに感謝を』とだけ。

その後の経過は結局わからずじまいだったものの、一目ですごく気に入ったのと、突如ランクアップしてしまったお茶会でのお守り代わりにと、つけてきたのだ。

あの青年でも、手伝ってくれた大人たちでも誰でもいい。私に力を貸してくれ。

――本日のミッション。

如才なくお茶会を終えることと、記憶を取り戻せ王城編、だ。

侍従に案内された広間には、すでに何人かの令嬢が到着していた。

丸テーブルが点在するその場へと足を踏み入れたとたん、違和感を覚える。

というのも、その場にいる令嬢が皆金髪なのだ。目の色も似たり寄ったり。

偶然かとは思ったけれど、その後続々と現れる令嬢も同じ色味をしている。

さすがにエスコート役や給仕にまでは手が回らなかったようで、令嬢のみが同系色という、なんとも不思議空間になっている。

色味指定で趣向を凝らしたお茶会なのだろうか。さすがは王家主催、手が込んでいる。

王都に知り合いがいるわけでなし、空いている席に着き、楽団の演奏に混じる周囲の会話に耳をそばだてていると、傍らから涼やかな声がした。

「こんにちは、お隣よろしいかしら？」

振り向けば、同じ年頃の令嬢が人好きする笑顔をこちらに向けていた。

首元でふわりと巻かれたまばゆいほどの金髪に、ブルーグリーンのぱっちりとした瞳。

まるでお人形のようなかわいらしさに、生き生きとした表情が彩りを添えている。

どうぞと促すと、ふんわりとしたピンクのドレスを上品に押さえて腰を下ろした。

「あなたもおひとりですの？」

「まあ、あなたも？　お母様とは予定が合わず、侍女と参りましたの。初めての王城ですのに、おかげで心細い思いをしておりますわ」

お姉様は皆懐妊中で王都におらず、お母様はいつだってあてにできない。

「ふふ、私も同じですわ。まあ、ご覧になって。おいしそうなケーキ」

給仕のカートがちょうど近くを通りかかったようだ。

王家主催とあって、ケーキ一つひとつですら洗練されている。

好きなケーキを選んでよいシステムらしく、二人できゃっきゃと選ぶ。

え……楽しい……。何これ、すごく楽しい……。

彼女がいなければ、今頃一人で興奮の渦と闘い、呻き声の絶えないおかしな人になっていたことだろう。危ないところだった。

「声をかけてくださってありがとうございます。ご挨拶が遅れましたわ。私、リーゼリット・フォン・ロータスと申しますの」

「まあ、ロータス伯爵家の？　お会いできて光栄ですわ。私はエレノア・ツー・マクラーレンと申します」

エレノア嬢か、お名前までかわいらしい。ひとりぼっちでお茶会になるところを鮮やかに救ってくださった、王都での初めてのお友達……！

和(なご)やかに会話を続けながら、絶対に忘れないと頭の中でお名前を反芻(はんすう)する。なにせ私は、人の名前と顔が覚えられないことに定評があるのだ。

ひとしきり唱えた頃、まるで神の啓示(けいじ)のようにそれは突然降ってきた。

……リーゼリットと、エレノア……？　この組み合わせって……!!

カチャン、と足元で金属音が鳴る。

私の腕が触れてしまったのだろう、床(ゆか)に落ちたカトラリーに、給仕がすかさず対応する。かがむ給仕へと視線を移すが、私が俯いたのはそれだけが原因ではなかった。

ようやく思い出せた世界観にほっと一安心、なんて場合じゃない。

リーゼリットは、とある小説の主人公なのだ。

『乙女(おとめ)ゲームの悪役令嬢に転生し、無残にも殺される未来を回避(かいひ)する』という物語の。

小説ではハッピーエンドを迎えていたが、うまく立ち回らなければ悪役令嬢人生待ったなしになる。

「リーゼリット様？　顔色が優れないようですが」

「お、お構いなく。腰回りを少し、締めつけすぎたようですわ……」

なんとかごまかしはしたものの、エレノア嬢の気遣いにほっこりする余裕すらない。

今隣で心配そうにしているエレノア嬢こそ、『乙女ゲームのヒロイン』であり、『乙女ゲームのリーゼリット』は、このヒロイン擁する攻略キャラたちに弾劾され、処刑されてしまう役回りなのだ。

……自分が何者なのか知りたかったけれど……できれば、モブがよかったです…………。

ふいに奏でられていた音楽が重厚なものへと変わる。

青ざめた顔のまま、周囲に倣って視線を巡らせると、一人の女性が奥の扉から現れるのが見えた。金糸の刺繍がまばゆい深紅のドレス。このお茶会の主催者である妃殿下だ。

妃殿下は悠然と奥のテーブルの前まで進むと、ぐるりと見回して満足げに頷いた。

「ようこそおいでくださいました。華やかなご令嬢がたくさんいらして、無骨な城に花が咲いたようだわ」

参加者の緊張をほぐす柔らかな笑み。令嬢たちがほっと息をつくのがわかる。

そう、私も。そうありたい。妃殿下の笑みを凝視して、心を落ち着かせにかかる。

一度は読んだことのある小説の世界なのだし、処刑直前というわけでもないのだから、うまく立ち回りさえすれば私も小説の主人公のようにバッドエンドを回避できる。

乙女ゲームを題材にした小説とあって、恋のお相手になりうる攻略キャラが何人かおり、小説ではそのうちの王子がメインヒーローとなっていた。

労せずしてその王子に会えるのだ、このお茶会で記憶の整理をさせていただけばいい。

だから今は出てこなくていいの。頭の中を駆け巡る、いろんな小説の王子たちよ。

静まりたまえ、頼むから。

「招待状に記載しました通り、息子たちも臨席させていただく予定ですの。このような席への参加は二人とも不慣れですから、大目に見てくださると嬉しいわ」

妃殿下の口上にご令嬢たちがにわかに色めき立……ったようだけれど、ちょっと待って。

息子、たち？　おかしいな、王子が二人も登場する話だったかな。

私が覚えていないだけで、序盤のみ登場するとか、そういう？

一人で混乱に陥っている中、妃殿下に促されて二人の王子が姿を見せた。

プラチナブロンドの髪に金の瞳を持つ方が第一王子のファルス殿下。

アッシュブロンドの髪に赤褐色の瞳の方が、第二王子のギルベルト殿下らしい。

どちらも目を引く端麗な容姿だが、ギルベルト殿下の特徴とつんと澄ましたような様子に、記憶の蓋がぱかりと開く。

——兄ならばこの程度、造作もない——

——別におまえのためにしたわけじゃないからな、俺は兄の教えに従ったまでで——

褒められたり好意を示されると兄を引き合いに出して突っぱねるくせに、陰でめちゃく

ちゃ喜び、尽くし度が増していく、あの王子か……！

小説の主人公の恋のお相手、この王子だよ！

うわあぁ、あの垂涎もののツンデレを間近で見られるかもしれないのか！

ギルベルト殿下を一言で表すと『残念なイケメン』、これに尽きる。

王道の王子様キャラとは程遠く、乙女ゲームを題材にした小説のメインヒーローとしてありなのかと思いはしたが、無類のツンデレ好きである私は主人公とのかけあいをたいへん楽しく読ませていただいたのを覚えている。

一方、ファルス殿下は聡明そうで優しげな印象だが、原作小説でどんなキャラだったのかまったく思い出せない。

こちらは典型的な王子様タイプだから記憶に残っていないのかな。

ただ、その落ち着いた風貌に反して、額に巻かれた包帯がやけに目立っている。

どうぞご歓談なさって、と締めくくられた妃殿下の挨拶では、息子の怪我には一言も触れられなかった。

待たれよ、なぜ触れぬ。触れたらダメな部類の話題なのか。

王家によくあるドロドロ案件とか。暗殺未遂か、ただの事故か、はたまたドジっ子属性持ちかと想像を巡らせているうちに、とある考えが頭をよぎった。

そういえばあの青年も、ちょうど同じところを怪我していたなあ、と。

……額の傷と、金の目……それに弟が、赤褐色の瞳……？

「……っ!!」

数日前のおぼろげな記憶と、目の前の二人とが重なり、思わず目を剝く。

よく見ればこの二人、あの青年たちだわ！

確かにあのとき、お忍びの貴族かもとは思ったよ。でもよりによって、王子って！

転生を自覚した初日にいきなりメインヒーローの兄が死にかけているとか、誰も思わないでしょ?!

もし救えていなかったら今頃どうなっていたことか……って……。

……そして私は、そこで思い出した事実に本気で頭を抱えたくなった。

小説に出てくる乙女ゲーム内での攻略キャラの王子は、もともと二人いる設定だったわ。

誰あろうファルス殿下こそが、『乙女ゲームのメインヒーロー』だ。

原作小説に出てこなかったのは序盤で亡くなっていたためで。

ギルベルト殿下が度々引き合いに出していた兄は、故人だったと。

私が手を出したことで、物語の前提が変わってしまったと。そういうことになりますね。

なんということでしょう。第二の人生、速攻で詰んでます。

とっても気が重いけれど、ひとまず思い出したことを整理してみよう。

私が転生したのは、『転生先でも医師になってみせますわ』というネット小説の世界だ。

乙女ゲームの悪役令嬢に転生した主人公が、医療系の試練を乗り越え、ラブラブハッピーをめざすというストーリー。

ちなみに魔法や聖剣の類どころか、電気すらない世界でだ。

『乙女ゲームのリーゼリット』は、嫉妬にかられてヒロインへの悪行を重ね、果てはヒロインたちが開発した新薬のデータを盗み、隣国に売りつけようとする。

弾劾されて絞首刑行きか、隣国に裏切られて殺される典型的な悪役だ。

『小説のリーゼリット』は、ファルス殿下の国葬という過酷なスタートにもかかわらず、さまざまな難局を乗り越え、ギルベルト殿下をゲットして幸せな余生を送っていた。

ただし、それが可能だったのは、主人公が前世で医師だったからだ。

新しい術式で人を救い、率先して新薬を開発し、疫病対策に加えて戦地医療にも着手するという、ものすごい知識と技術でもって問題解決していったからなのだ。

記憶力お察しの一介の看護師、ちょっとだけ教師かじりました、程度の私ごときに踏襲できるものではない。

しかも、小説だからルート分岐もなく、道を逸れた後どうなるのかがわからない……。

つまり。ファルス殿下が今ここにいる時点ですでに詰んでいるってことですよね。

うん、……帰っていいですか。

「リーゼリット様、皆様挨拶に行ってらっしゃいますわ。列が落ち着いた頃を見計らって、私たちも参りませんか？」

エレノア嬢の鈴のような声に、マントルあたりをさまよっていた意識が浮上する。

王子たちのテーブル前には、アトラクション前の子どもたちよろしく、ご令嬢やお付きの方々がずらりと列をなしていた。

「それとも医務室の方がよろしいでしょうか。給仕を呼びましょうか？」

「そ、そうねぇ、どうしようかしら……」

曖昧に答えながら、ふるまわれた紅茶をがぶがぶあおる。

ヒロインの鑑たるエレノア嬢が私を置いて行くわけもなく、丁寧に誘ってくださるけれど、できることなら挨拶になんて行きたくはない。だからといって医務室に逃げ込めば、この場から姿を消した者として王子たちに情報が渡る可能性もある。

もし一人だったら、周りの賑わいに紛れてブッチを決めていたところだ。

急遽開かれたお茶会、普段臨席しないという王子たち、この場にいる令嬢の似通い方。

どんなに鈍くてもさすがに気づく。このお茶会が、私を捜すためのものだってことに。

見つかったらどうなるのか。
一、王子の命の恩人よ、ありがとうと祭り上げられる。
二、ぜひ妻にとか言って次期王妃にされる。
三、王子暗殺の予定を狂わせやがってこの野郎的な、ようこそ王家の泥沼ドボン。
四、公衆の面前で俺の唇奪いまくった恥知らずさん大・公・開！
……どれも、嫌だ……!!

あの場で助かったのは奇跡だし、小説の主人公みたいな活躍は期待できない。

祭り上げられたところでもう何も出ない。

私の性格からして王妃って柄でもないし、その道を進めば、ヒロインの前に立ちはだかる悪役令嬢としての役回りがついて回る気がする。

王室のドロドロ案件なんてもってのほかだ。巻き込まれれば生き残れるとは思えない。

人前でぶちゅぶちゅすごかったんだって、などと噂でもされたら本気で婚期遠のくわ。

速攻で詰んでいるとは言ったけれど、まだ人生を諦めてなんかいないんだからね！

こうなったらもう、知らぬ存ぜぬを決め込むしかない。

素早く髪飾りを外し、手の中に握り込む。まとめていた髪がすっかり下りてしまったが気にしない。証拠品となりうるタネはしまっておくに限る。

とはいえ、ポケットは小さすぎて入らないし、引っかけてドレスを破いてしまったら、私の蚤のような心臓が火を噴いてしまう。

挨拶のときだけテーブルに置いておいてもいいけれど、もしそれでなくしてしまったらと思うと踏みきれない。だって、気に入っているんだもん。

小さな子どもの掌ほどの大きさだから、手の内に隠しておけばなんとかなるだろう。こう、手品師のように。

テーブルの陰でこっそり練習を始めた私を、エレノア嬢が不思議そうな目で見ている。聞かれたらこう答えよう。サプライズの練習ですわ、おほほのほ。

そうやって往生際悪く逃げ道を探していたせいで、最後から二番目になってしまった。男爵家の私がリーゼリット様より先にご挨拶なんてできませんわ、と順番を譲られたため、最後はエレノア嬢だ。

ぼちぼち順番なので、二人でそろそろと近づいてみたのだが。

「まあ、お労しい。お怪我をされたのですね、麗しいお顔に傷が残りませんように」

「うむ、ありがとう」

「ご機嫌麗しゅう。ファルス殿下のお怪我が一日も早く治りますように」

「うむ、ありがとう」

令嬢たちが名乗ってひと声かけあって下がる、という流れをさっきからずっと繰り返している。まるで、次の方ぁ～とアナウンスでも入っているかのような流れ作業だ。

最初のうちはちゃんと返事していたのかもしれないけれど、ギルベルト殿下に至っては半眼で無言貫いているし、ファルス殿下は今やオウムと化している。

疲れからか、もはや義務感しか存在しない空間。

おや、おやおや？　この分ならなんとかいけるんでない？

「妃殿下、両王子殿下におかれましてはご機嫌麗しく存じます。ロータス伯爵家が三女、リーゼリット・フォン・ロータスと申します。どうかお怪我が早く良くなりますよう」

当たり障（さわ）りない挨拶をすませ、手の内の髪飾りが見えないように淑女の礼をとる。

仕事は終わったとばかりに腰を浮（う）かしかけたところで、あなたは、という声がかけられ肩を揺らした。そっと目線を上げて窺（うかが）うと、あのときの金目がじっとこちらを見ている。

「あまりお見かけしない方ですね」

さっきまで、うむありがとうしか言わなかったファルス殿下が、ここにきてまさかの別ゼリフだと？

とたんに心臓がどっどっどっと自己主張を開始する。

ファルス殿下が何事かをギルベルト殿下に耳打ちし、赤い目がまっすぐに私を捉える。

王家主催のお茶会のため着飾ってはいるし、髪型も変わってはいるが、あの日の私は変装をしていたわけではないのだ。

あんなに近くで、言葉まで交わした私をギルベルト殿下が見逃(みのが)すとは思えない。

これはもう本当に詰ん……、……いや、まだ終わらんよ！

「……先日、領地から出てきたばかりですの。お目にかかれて光栄ですわ」

わずかにひきつる唇でどうにか弧を描き、なんとか言葉をひねり出す。

心臓バクバク内心ひやひやながらも、恭(うやうや)しいしぐさで再度深々と頭(こうべ)を垂れた。

ほら見て、髪飾りないでしょ、という無言のアピールが功を奏したのだろう。

「……うむ、ありがとう」

よっし、きた！　下がっていい合図きたー！

気づかれないように小さくガッツポーズを決めながら、エレノア嬢へと順番を譲る。

無事にひと仕事終えた安堵感から、今すぐテーブルに突(つ)っ伏(ぷ)してしまいたいくらいだが、一緒に来たのにさっさと一人だけ戻るわけにもいかず、エレノア嬢が挨拶を終えるまで少し離れた場所に控えることにした。

エレノア嬢は、さすがヒロインと言わんばかりの柔和(にゅうわ)な笑みをたたえている。

王族を前にしても生き生きして見えるのは、ヒロイン補正なのか強心臓なのか。

なんとも頼もしいことである。

「お近くで拝見すればやはり。あの方はファルス殿下だったのですね。回復されて安心しましたわ」

……ん？

「その場にいた全員が一丸となって殿下を救おうとされて、とても感動的なひと時でした。まるで、この国の未来を見ているかのような」

おお？

「君は、この怪我のことを知っているのか」

「もちろんですわ。ご挨拶が遅れました、私、エレノア・ツー・マクラーレンと申します。以後お見知りおきを」

深々と一礼するエレノア嬢の髪には、髪飾りが彩りを添えている。

それも、瞳の色と同じ宝石のついた髪飾りが。

ファルス殿下がゆっくりと腰を上げ、エレノア嬢の前へと歩み出る。

まだ一礼したままの彼女の手を取り立ち上がらせ、なんとも甘い声で囁(ささや)いたのだ。

「貴女(あなた)を捜しておりました」

……な、なんとーっ！

ファルス殿下は驚きを滲ませたエレノア嬢をダンスに誘い、広間の中央へと歩み出る。

空気を読んだらしき楽団による、しっとりした曲をバックに、二人でゆっくりと体を揺らし始めた。

最初こそ戸惑いを隠せない様子のエレノア嬢だったが、ファルス殿下のとろけそうな甘い視線に、今や頬を赤らめるばかりになっている。

もちろん、周りであっけにとられていた他の令嬢たちも。

まばゆいほどの美男美女の仲睦まじい様子に、皆見惚れていた。

――一方、私はというと。

どっと押し寄せた脱力感から、その場で見守ることはおろか席へと戻る気にもなれず、一人テラスへと向かったのだった。


「……っ、疲……れた……っ」

誰も見ていないのをいいことに、へろへろと石造りの柵に寄りかかる。

私のあの動揺やら、必死になって考えた時間はいったい何だったんだ。

つっこみたい思いは山のようにあるが――

「まあとにかく、ヒロインのおかげで、助かった……のかな……？」

もしこの場で私が命の恩人だとバレていたら、私自身が第一王子との婚約者としてヒロインの前に立ちはだかったのだろうが、その心配はなくなった。

私を挟まずに二人がくっつくなら大団円のはずだ。

原作小説とは異なるスタート な上、主人公と同じ活躍は望めないと悲観していたけれど、エレノア嬢に関して言えば上々な滑り出しなんじゃないの？

この先、私がエレノア嬢に嫉妬する予定もその必要もないから、彼女と普通に仲良くなれば何事もなく過ごせるのではないだろうか。

加えて、エレノア嬢は『乙女ゲームのヒロイン』なのだ。

彼女ならば、医療系の試練も難なくこなせるってことだもんね？

これで憂いなく第二の人生を謳歌できるわ、とウキウキして振り返り、そのまま固まる。

なぜいるとか、いつからいたとか、尋ねることなどできるはずもない。

彼は慎みの有無を尋ねたあの日のように、憮然とした表情を隠そうともしなかったのだ。

「人魚姫とやらにでもなるつもりか」

テラスの入口を塞ぎ、私にそう告げるのは、第二王子のギルベルト殿下だ。

銀糸で刺繍が施された紺色の正装に身を包み、まとう雰囲気には威圧感すら覚える。

「本来あそこで踊っているのはおまえだったろう。リーゼリット・フォン・ロータス嬢」

うっ、やはり気づいていたか。しかも完全に名前まで把握されている。いや、確かに自己紹介はしたけれども。よくまあそんなにも軽々とフルネームで覚えられますなあ！

「……何のことでございましょう」

「ハンカチの紋章を調べた」

そう言って胸ポケットから取り出されたのは、止血のために使用したあのハンカチだ。

布地と同色の糸で蓮の花の文様が刺繍してあり、それが血の跡でくっきりと浮き上がっていた。

「ただの模様では……？」

近づいてくるギルベルト殿下から逃れようと後ずさるが、すぐ柵に行き当たり、なすすべもなく立ち尽くす。

「淡い金の髪にエメラルドを透かしたような瞳。それに……」

殿下は手首を取り、ぐいと引かれた掌の中身を一瞥すると、口の端だけで薄く笑った。

「この髪飾りには見覚えがある。なにせ、俺の選んだものだからな」

慌てて手を離してはみたものの、物証が二つもあってはこれ以上の言い逃れは厳しい。

「兄はもうろうとして、おおまかな特徴しか把握できていなかった。俺に目印となる髪飾りを贈るよう言い渡して、すぐ気を失ったからな。あの令嬢は記憶にないが、ちょうどあの場に居合わせ、その上、条件に合う髪飾りをつけていたんだろう。運のいいことだ」

殿下が鋭い視線を向けた先では、今もなお二人が踊っている。

引っ立てられて『こいつこそが本物だ！』をやらされるのか？

真実はいつも一つだとしても、この場合、空気が読めないどころの話じゃない。

お呼びでもないし、あの幸せ空間に割って入る勇気なんてみじんも持ち合わせていないよ。

それこそ本当に二人の仲を阻むおじゃま虫人生待ったなしじゃないか！

「おまえの反応を確かめようと、黙っていた俺が言うことでもないが。途中で髪飾りを外したところを見るに、俺たちがあの兄弟だと理解しているのだろう？　どういう意図で身を引いたのかは知らんが、横から功績を掻っ攫われたんだぞ。名乗り出なくていいのか」

「私なぞに王太子妃が務まるとは思いませんわ」

かぶりを振ってそう答えると、訝しげだった表情にわずかな驚きが混じる。

「本当に変わっているな。兄に見初められて王太子妃になるのが令嬢の夢ではないのか」

イケメン王子にとろとろに甘やかされるのは乙女の憧れかもしれないけれど、私にはこそばゆすぎていたたまれない。

次期王妃などもってのほかだし、二人の仲を邪魔するつもりもないわ。

「夢など、人の数ほどありましょう」

それこそ好みも、とにっこり微笑めば、殿下は顎に手をやり私をまじまじと見やる。

その視線を間近で受け止め、念を込めて見返す。

ここで納得してもらえなければ終わりの始まりだ。

お願い、見逃して！

「おまえ婚約者はいるのか」

「いませんけれど」

「では俺がもらってやる」

……はい？　突然、何の冗談だ。単なる思いつきにしてもお戯れが過ぎるだろうに。

小説内で主人公と結ばれた相手だとしても、脈絡がなさすぎて意図が読めない。

「いえ、別によろしいですわ……」

「おまえのような破天荒な令嬢に、まともな縁談が来るとは思えないが」

よしきた。そのケンカ、言い値で買おう。

心の内でジャブを繰り出していると、殿下は腕組みをして柵にもたれ、取引とばかりに口の端を上げた。

「俺は第二王子だ、王室に入るとはいえ、多少は自由がきく。おまえの夢とやらも叶えることができよう。だがあの様子では、兄がおまえを認識すれば自由などなくなるだろう。俺が防波堤になった方がいいのではないか」

「私のメリットはわかりましたが、ギルベルト殿下のメリットはございますの？」

「当然だ。兄の相手が決まれば、次に縁談が山と積まれるのは俺だからな」

そう答えた殿下はうんざりした表情を見せる。なるほど、利害の一致か。

語って聞かせる夢なんてまだ持ち合わせていないけれど、小説ではこの王子との恋物語を中心に進んでいったのだ。婚約者になった方がこの先の展開がわかりやすいのだろうか。

でも、婚約する時期はもっとずっと後だったような気がするんだよねえ。

第一王子が助かったことで婚約時期が早まったのかな。

もしそうなら、ここで婚約したとしても小説とは違った展開になってしまうのでは。

ツンデレこそ至高、が前世からの私の嗜好だし、主人公とこの王子のかけあいにきゅんきゅんしていたのも事実だから、楽しく過ごせそうではあるが……。

ああでも、あの主人公だからうまくいっていただけで、今のリーゼリットは私なのだ。

乙女ゲームの設定と同様に、ギルベルト殿下が後でヒロインに惹かれることだってある。

その場合、私がヒロインに嫉妬する図式ができあがってしまうのか？

わからない……どうするのが正解なのか、もう何も考えつかない……。

「……とりあえずお父様に相談しますわ……」

「そうだな。ロータス伯爵に近々会わせてもらおう」

おい、それは相談と言えるのか。

「そうと決まれば善は急げだ」

腰を浮かせた殿下が、白手袋をつけた掌をずいと向ける。

……お手か？

「違う。貸せ」

訝しみつつ手を重ねてみたが、違ったらしい。

「兄は心を決めたようだし、それをつけたところで今さらどうということもないだろう」

なるほどと頷いた私の手から髪飾りをぶん捕ると、髪束をくるくるねじってつけてくれた。鏡がないため出来のほどはわからないが、ハーフアップになっているようだ。

「器用ですのね。……そういえばお礼もまだでしたわ。いりませんと突っぱねてしまいましたが、素敵な細工で、一目で気に入ってしまいましたの。感謝しておりますわ。殿下は贈り物のセンスもありますのね」

心からの謝辞を告げると、殿下はふんと鼻を鳴らして再び掌を見せた。

「……もう何も持っておりませんわ」

「だからだろう。行くぞ」

そう言って手を取り先を行くギルベルト殿下の耳が、心なしか赤い。

今ので照れちゃったのか～と心臓にぎゅんとくるものを感じながら、私は広間へと戻っていったのだった。


手を取られ連れていかれたのは、さきほどまでファルス殿下とエレノア嬢が踊っていたスペースだ。エレノア嬢は妃殿下、ファルス殿下と同じテーブルについている。

えーっと、なんだろうね……そこはかとなく嫌な予感がするんだけれど。

注目を浴びて笑顔がひきつる私をよそに、傍にいたギルベルト殿下の合図で再び演奏が変わる。ファルス殿下のときよりもアップテンポな曲調だ。

「おまえ、そういえば踊れるんだろうな」

この場合、事前に了承を取るべきかと存じますが？　王子様よ。

ジト目を向けそうになるが、我慢だ我慢。

マナーのように体に染みついたものは、どうやら問題なくできるようだし。

「ええまあ、それなりには……」

それはよかった、と口の端を上げた殿下は左手を上げ、私を迎え入れた。

両手を滑らせてホールドを組み、殿下のリードに合わせて体を動かす。

社交界でもよく踊られるウィンナーワルツだ。

定番のスリーステップで浮き沈みしつつ、右に左にとくるくる回る。音楽に合わせてドレスの裾がきれいに広がり、まさに花が咲いたかのようになっていることだろう。

余計な力のない自然なホールドに、安定感のある重心の運び方。

ギルベルト殿下のリード、むちゃくちゃ踊りやすい！

しかも時折大技をぶっこんできたりと、まるで何かのアトラクションだ。

背をそらして体が伸びあがるたびに、テーブルから小さな歓声が上がる。

何これ、すっごく楽しい!!

「お気に召したか」

「ええ！　とっても！」

楽しそうな気配を感じ取ったのだろう。問いかけに思いのほか弾んだ声を返してしまった。傍でくつくつと小さな声が漏れる。

うそ、今もしかして笑っているの？

さっきから口の端で薄く笑うところしか見たことがないのだ。

いったいどんな顔しているんだと振り返ろうとして、ぐいと大きく腕を引かれた。

「ひゃ、わ」

ほとんど強制的にくるりと回転させられて、演奏終了とともに一礼をする。

拍手と歓声の中、導かれるよう隣へと顔を向け。

「おまえなら、そう言うと思った」

楽しげに目を細め、いたずらが成功したみたいに屈託なく笑う殿下を目にしてしまった。

……あー、こういうギャップずるいんですけど……。

「お手をどうぞ、リーゼリット嬢？」

殿下が肘を軽く曲げ、促してくる。

少しばかり悔しい気持ちになりながら、開けられたスペースへと手を滑り込ませ、エスコートされるまま足を進めた。向かう先は、まあもうわかりきっていたけれど、やはりというか何というか、妃殿下と同じテーブルだ。

「とても素敵なダンスだったわ。見ているこちらまで踊りたくなってしまうような。ファルスにもギルベルトにもいい方が見つかってよかったわ」

それはもう楽しそうな妃殿下に、喉が渇いたでしょうと促され、味のしない紅茶を飲み下す。

エレノア嬢がとっても嬉しそうにしているのだけが救いか。

「ギルベルトはどちらで見染めたのかしら？」

「少し風に当たりに行った先のテラスで。とても愉快な方ですよ」

「まあ、ほほほ」

おいぃ、この失礼千万王子め！　他に言い方はなかったのか？

許されるなら、この場で胸倉摑んで揺すってやりたいくらいだ。

「……私、まだ了承した覚えはございませんが」

ギルベルト殿下に耳打ちすると、しれっとした顔で言い返してくる。

「何を言う。私も母に『相談』したまでだが。互いの親に言わねばフェアではなかろう」

もう一度問おう、相談の定義とは。

ああ、外堀から埋められていく……家に帰ればお父様とお母様が諸手を挙げて賛成するんだろう、きっとそうだ……。

屋敷へ送ろうなどと言いだした殿下の申し出を丁重にお断りして、這う這うの体で帰宅すると、すでに先ぶれが届いていたようで屋敷中は大宴会の様相を呈していた。

……お断りできるわけがなかった。

祝い酒をふるまおうとするお父様を引き剝がし、ドレスを脱いだところで力尽き、自室のベッドにダイブする。

半端ない情報量と怒濤すぎる展開のせいで、もう何も考えられない。

心地よいシーツの肌触りとぬくもりに、そのまま意識が遠のいて……いこうとして、がばりと跳ね起きた。

小説の冒頭を、思い出したわ。

私と同じタイミングで前世の記憶を取り戻した主人公が、ファルス殿下の救助をヒロインに一任しようとして、街中散策を避けたのだ。

その結果、ファルス殿下は助からず、国葬からのスタートに至ったと。

以降は主人公が先んずる形で対策をとり、被害を食い止めていた。

それすなわち、物語の主人公たる『リーゼリット』が逃げれば、人が死ぬということだ。

断片的に思い起こされるエピソードが、私を責めるかのように襲ってくる。

押し寄せる負傷兵、蔓延する疫病、限りある物資での最善の治療——

今は平和なこの国だけれど、私がデビュタントを迎える年に隣国との争いが始まってしまう。薬が完成しなければ、適切な治療が行えなければ、救えるはずの命が失われてしまう。

私に婚約を持ちかけたギルベルト殿下も然(しか)りだ。

「なんって世界に転生しちゃったの……」

頭を抱えて唸(うな)りたくもなるけれど、わめいたところで状況は変わらない。

もうこうなったら腹をくくろう。

医師ではないから、悪役令嬢の役回りはこりごりだからと逃げおおせて、たとえ平穏(へいおん)無事に過ごせたとしても。憂いなく笑えるわけがないのだ。

私が何もしないせいで、人が死んでいるとわかっていて。

主人公と同じ医学知識や技能は持ちえない。すべてを思い出したわけでもない。

全員を助けることは難しいかもしれない。それでもせめて、私にできることを。

曰(いわ)く、看護力の向上だ。

感染予防、トリアージの伝授、疫病対策。原作になくとも、心肺蘇生法も伝えていこう。

それらがこの先に起こることを少しでも良い方向に導くかもしれない。

やることはとんでもなく多いけれど、時間も能力も限られている。

今の私にも行え確実性があり、効果のほどが目に見えてわかりやすいものといえば——

先日、青年の様子を窺うためにと赴(おもむ)いた病院の、すえた臭(にお)いが頭によぎる。

——衛生環境の改善、か。

これならば薬は作れなくとも、感染対策の一助となりうるだろうけれど……。

は、はは……私ってば、前世でとんでもなく有名な『あのお方』と同じことをするのね。

あれほどの偉業は逆立ちしたって無理だけれど、何のとっかかりもないよりは。

道は示されている。やるっきゃないでしょ！

私この世界で、な、なな……くぅっ、……ナイチンゲール、めざしてやりますわ～!!

二章◆夜告鳥（ナイチンゲール）をめざすにあたり

バーンと扉（とびら）を開け放ち、ヒールを鳴らして執務室（しつむしつ）へと上がり込む。

お父様とベルリッツが驚（おどろ）いた顔をしているけれど、知ったこっちゃないわ。

「お父様！　私に統計学の家庭教師をつけてくださいませ。ああ、医学についてはあてがございますからご安心を。それからこちらを」

小脇（こわき）に抱（かか）えていた紙束を執務机にどさりと乗せると、口髭（ひげ）をたたえたお父様はただただ目を丸くした。

「おまえは何を考えているんだ？　第二王子の婚約者（こんやくしゃ）になったばかりだろうに」

「まあお父様、よくご覧になって？」

指し示す先には、それはもう達筆な殿下（でんか）のサインがしたためられている。

「ギルベルト殿下ご推薦（すいせん）の企画書（きかくしょ）ですわ」

このたびお父様に提示したのは、その名も『衛生環境の改善による効果実証』の草案だ。

要するに、かのお方に倣（なら）った地盤（じばん）と人脈、資金作りを始めようってわけ。

かのお方は、統計を駆使（くし）して野戦病院の医療（いりょう）改革を成し遂（な）（と）げ、当時疎（うと）まれる職業だった看護師への認識を覆し、看護教育の基盤を整えた立役者だ。

　裕福な家の出であり、ポケットマネーで野戦病院に不足物資を届けたという美談もあるが、病院や学校の設立など事業すべてを自身で賄えたわけではない。

　生家に軍上層部へのつてがあったわけでも、医学に造詣が深い家柄でもなかった。

　医療改革に統計学という手法をとったのは、効果を立証して有用性を知らしめることに加えて、実績をあげ協力者を広く募ることができ、資金も調達できるという三拍子揃った最も効率の良い方法だったからだろう。

　習った当時はピンとこなかったけれど、その立場になってみるとよくわかる。

　医学の権威でもない家の令嬢にできることなど、たかが知れているのだ。

　今の私がかつての医療知識をもとに、いい方法がありますよとピョンピョン飛び跳ねてみたところで、誰も振り向いてはくれない。その有用性を示さないままではね。

　そんなわけで作成した企画書なのだけれど、立証方法はこれから煮詰めていくとしても、私の参与と資金援助の許可をもらわなければ話にならない。

　使えるものは何でも使う。たとえ無理やり強奪した殿下のサインだろうと。

「殿下との明るい未来のためにも必要なものですの。詳細を煮詰め、正式な企画書は追って提出いたしますわ。……お父様、許可をいただけますよね？」

　そうして私は借金の取り立て屋よろしく机に身を乗り上げ、にっこりと微笑んだのだった。

「リーゼリット様、今日はまたとびきり生き生きしていらっしゃいますね」

それもそのはず。なんと早くもお父様から効果実証の許可を取りつけることに成功したのだ。そして今日はさっそく統計学の教師をお招きするとくれば、心も弾むというものだ。

「お茶の用意はぬかりない？　ドレスはこれで派手すぎないかしら、っとと」

つんのめったところをカイルに支えられる。もうこれで何度目になるのか。

「ありがとう、カイル」

「かまいません。色味が落ち着いていて場にふさわしい装いかと」

さっきからソワソワしてしまってこんな有様だが、どうか大目に見てほしい。

なにせ、先生は学園の上級院を首席で卒業されたたいへん優秀な方らしいのだ。

ちょっと力業だが、さっそく効果実証に用いる統計手法を確認する予定だ。

少しでも早く効果実証に着手するため、基礎からの学び直しにかける時間はないってのと、それに応えられない先生なら時間の無駄だしいらないからね。

ああ、いったいどんな方がお見えになるのかしら！

「レスター・フォン・ローバーです」

よろしく、とぼそぼそ挨拶をした先生は、黒髪にアーモンド色の目をした若人だった。

そう、若い。上級院を出たばかりなのか、おそらく十八歳くらいだろう。

どこか愁いを帯びたような表情で、挨拶の場だというのに視線は合わず、学習室への道すがら何度か転びかけては無言を貫いている。

緊張しているためかもしれないが、人慣れしていない様子からも、教師としての技量にやや不安を感じてしまう。

……さて、能力のほどはいかほどか。

「さっそくですが、先生に見ていただきたいものがありますの。こちらですわ」

簡単に挨拶をすませた後、席に着くなり草案を取り出した。

第一弾の題材は保清――いわゆる清拭とシーツ交換としている。

一定期間保清を行った病棟と、そうでない病棟の入院患者の変化を見るというものだ。

というのも、この世界は衛生状況にやや難ありでね。

使用人を抱える裕福な家でもなければ、石鹸で体を洗うのは週に一度がせいぜいらしく、日頃は濡らしたスポンジでぬぐうだけですませているというのだ。

病院で嗅いだあのムッとする臭いを思うと、満足に動けない病人はそれすらもままならないのだろう。日本と気候が異なるとはいえ、この状態で療養にいいはずがない。

レスター先生は草案に目を通すと、独り言のようにぶつぶつ呟きだした。

必死で耳を澄ますと、どうやら調査対象の選び方について論じているようだった。

『同規模の病院の中からランダムで選んだ病棟二つに対して保清を行う』との記述が引っかかっているらしい。なんでそこに注目するんだ。

「すべての病院で同一の調査を行えば、莫大な予算と人員、年数を必要としますわ。かといって恣意的に選んだ病棟で行えば、結果の偏りを生じます。この方法であれば短期間で実施可能な上、信頼性のある結果が得られるかと」

「なるほど……言われてみればその通りだ。なぜ誰も思いつかなかったんだろう」

……なぜ誰も、だって？

まさかとは思うが、ランダムサンプリングの概念すらないのか？　基本中の基本だぞ。

「つかぬことを伺いますが、比較検討に用いる統計手法には何がございますか？」

恐る恐る尋ねてみたが、結果は惨憺たるものだった。

二群間の比較はもとより、オッズ比も相関係数もない。

かろうじて正規分布の概念はあるものの、そこで止まっている。

ここでアンケート調査なんてした日には……結果は散々なものになりそうだ……。

表計算ソフトも統計ソフトもない中でどうやって計算したものかとは思っていたけれど、考え方自体ないなんて想定外だったわ。

いい統計手法があれば差し替えるつもりだったが、これは予定通りにした方が無難か。

かのお方は、清潔の効果を死亡率で示した。過酷な環境下にある野戦病院での結果だったから、一般病院での調査にそのまま用いるのを避け、ひと工夫入れてはみたが……。

問題がないわけでもないんだよね。主に、私の記憶力のせいで。

「清潔にするだけで死亡率が減少するものなのかな。少し飛躍しすぎでは」

「死亡率はあくまで補足の判断材料ですわ。メインはこちら、平均在院日数です。不衛生から感染症を併発すれば、治療にかかる費用もかさみますし、重症化すれば予後にも病院の評判にも影響しますわ。病院と患者、双方に有用性を示すには最適かと」

「平均在院日数……退院患者の入院日数の合計を、退院した患者数で割るのか。この指標は初めて見るけれど、死亡率と合わせることで入院期間の短縮が死亡によるものでないことも判断できるというわけだね。ただ、この計算方法では長期の入院患者に適さない」

「ご懸念の通りですわ」

平均在院日数の算出法は二種類あるのだが、よりこの検証に適している方がどうにも思い出せずに困っていたのだ。

先生がご存じならと思っていたが、そうか……この指標もないのか……。

先生はふむと口に手を当て少しの間考え込んだ後、まっさらな紙にペンを走らせた。

「これはどうだろう。月ごとの入院患者数を、その間新たに入院した患者数と退院患者数の平均で割るんだ。月ごとの患者数には、その期間入院も退院もしない、変動のない人数が含まれる。それに対して、入退院数の平均を変動する人数とするならば、その誤差分を平均在院日数として算出できる。これなら懸念していた分をカバーできるよ」

どうかなと小首を傾げる先生が輝いて見える。もう一つの計算方法、まさにこれだよ。

初めて見る指標の欠点を一目で見抜き、その解決策をすぐに提示できるなんて。

「私……先生をお招きできて、本当によかったですわ……」

心が高揚しているのが自分でもわかる。

「僕もだよ。こんなに有意義な時間が過ごせるとは思わなかった。リーゼリット嬢」

「はい」

「結婚してほしい」

先生も心なしか嬉しそうで、この感動を共有できていることが……って、……んん？

気づけば先生との距離がほど近く、しかもいつのまにか顔の前で両手を握られている。

「こんなに楽しいのは生まれて初めてなんだ。もし君がよければ人生を共にしたい」

真摯な色をたたえた薄茶の瞳が、まっすぐに向けられる。

……………えっ、え？　こ、これってプロポ……ひえぇ？

心臓が早鐘を打ち、まともな返事もできずに固まってしまった。

だって、こんなド直球で。

「失礼。お嬢様はすでに婚約しておりますので」

カイルの声に先生は慌てて手を離し、小さくかしこまる。

「えっあ、そう、か。……っごめん。気を悪くした、よね？」

「い、いえ！　驚きはしましたが、気を悪くすることなどございませんわ」

赤くなってしまった頬の熱を冷ますように、しきりに手を替えあてがう。

ド直球なプロポーズなんて私には刺激が強すぎたけれど、こんな優秀な方からあのように言われれば嬉しくないはずがないのだ。

先生は人慣れしていないようだし、気分が高揚しすぎて振りきれてしまっただけなのだろう。今だって赤くなっているのは私だけだ。動揺してしまって反省しきりだわ。


気を取り直して授業を続けた後も、絶妙な示唆をいくつもいただき打ち震える。

教本もなければ使い慣れた統計ソフトもないこの世界で、先生を迎えられたことは私にとって最上の幸運だろう。……ある一点を除けば。

「ええと、先生？」

「ん？　なあに？」

呼びかけに応じる、小さくも甘い声。頬杖をつき、優しく覗き込む栗色の瞳。

いたってまじめな議論を交わしていたというのに、なぜとろけそうな笑顔なのか。

こちらを見つめる先生の瞳は私を優しく捉え、その中に潜む感情を如実に伝えてくる。

まったく抑えられていないあたり無意識なのかもしれないけれど、指摘すれば藪蛇になりそうで何も言えないし、かといってこの空気をずっとスルーできるスキルなんて私は持ち合わせていない。

　このとろとろ具合、いたたまれない……っ！

「ちょっと……お花摘みに行ってまいりますわ……」

　ふらつきそうになる足取りで廊下に出るや、魂まで抜けていそうなため息が漏れた。

　こんな状態でもつのか……主に、私の精神が。

　とはいえ医療統計について、ここまで相談可能な人が他にいるとは思えない。

　ここで失うわけにはいかないのだ。

「うう……でもどうしたら、どうしたらいいの……」

　よろよろと廊下にへたりこんでいると、目の端に誰かの足元が映り込んだ。

「こんなところで、何をしゃがんでいる」

　弾かれたように顔を上げると、そこにはベルリッツに連れられたギルベルト殿下が。

　地獄に仏とはこのことか！

「ギルベルト殿下！　お会いしたかったですわ！」

　感動のあまり、勢いよく駆け寄って体当たりする。

「なっ、え？　は、……っな、なん、」

「どうか、私とひと時一緒にいてくださいませ」

必死の嘆願に、殿下は困惑を露わにして視線を泳がせた。

「……ま、まあおまえがそこまで言うならいてやらんこともないが。言っておくが、俺だってそこまで暇じゃないんだ。今日はたまたま、近くを通りかかっただけであってだな」

ああ！　この反応、心の底から安心する……！


「おかえり、リーゼリット嬢」

殿下を伴って部屋に戻ると、先生はそれはもう幸せそうな顔で迎えてくれた。

部屋の中だというのに、ぶわりと風を感じる。思わず目をすぼめてしまうほどの。

「…………これは？」

「端的に申しますと、私の学術意欲が先生のお眼鏡に適ったのですわ。たいへん良い先生なのですが、この状態では私には手が余りますの。どうかお傍にいてくださいませ」

「なるほど……。おまえにわずかでも危機管理能力が備わっていたことを喜ぶとするか」

あんまりな物言いだが、状況は理解してくれたらしい。

婚約者様として存分に働いていただくとしよう。

「先生。さきほどお話ししました、婚約者のギルベルト殿下ですわ」

「リーゼリット嬢が世話になっている。これからもどうか頼む」

なかなか演出上手な殿下により、ぐいと肩を引き寄せられる。

同席についても了承を得てみたが、はにかみながら返事をする先生は嬉しそうで、その表情が歪むこともなければ落ち込む様子もない。

んん？　普通、結婚を申し込むような相手が他の男性と仲良くしていたら表情が曇るものじゃないのかな。

これはもしや、好意は好意でも恋愛的なアレとは異なるものなのかな。

だとしたらこの状況もそれほど困惑するものではないのかもしれない。

……相も変わらず、先生の熱烈な視線は私からまったく逸れないけれど。

「こいつのことをずいぶん高くかっているようだな」

「それはもう。リーゼリット嬢は稀有な存在だよ。柔軟な発想に多彩な知識、打てば響くってこのことを言うんだなと」

腕組みした殿下が値踏みするようにねめつけるのを、先生は夢見心地に返すばかりだ。

私を見つめる瞳はキラキラと輝き、いたく感銘を受けたとばかりに頬を紅潮させている。

やはり、当たりだ。これは、敬愛する同士や主人を想う忠犬のような、見返りを求めない無垢な愛情というやつで間違いないだろう。

私が先生へと尊敬の眼差しを向けるのと同じように、先生も感じてくださっていたのだ。

正しくは私個人というよりも前世の知見を、だけど。

なーんだ、この視線もかわいいワンコの尻尾ふりふりだと思えば、何の問題もないわ！

それならば、忙しい殿下の時間をこれ以上割いていただくわけにもいくまい。

「殿下、お騒がせして申し訳ありません。この通りまったく問題なさそうですわ！」

安心しきった表情の私を、なんとも胡乱げな瞳が迎える。

「……訂正しよう。おまえの危機管理能力を一瞬でも期待した俺が浅はかだった」


失礼千万な殿下を送り出し、その日の授業を無事に終えた私は、すっきりした心持ちでベッドに体を投げ出し――先生が原作小説に名前だけ出演していた、乙女ゲームの攻略キャラの一人であったことを、ようやく思い出したのだった。

このとき部屋の外まで響いた呻き声が幽霊騒ぎを引き起こしていたらしいのだが、使用人たちの温情により、最後まで私に語られることはなかった。

翌日、なぜかうっすらと隈の残るナキアに見送られ、カイルとともに馬車に乗り込む。
向かう先は王都の東側に位置するヘネシー卿の邸宅だ。
ヘネシー卿とは、以前お父様に告げた医学のあて。誰あろう、自国医療の第一人者だ。
この国の医療水準を確かめようと王立図書館を訪れた際、偶然にもお会いしたんだよね。

将来を見据えて医学の勉強をと語る私に、不勉強なご子息への良い刺激となると自宅に招いてくださったのだ。

ものすごい幸運。幸先良すぎて震えるレベル。医療系の試練を乗り越えていく上でも、効果実証を円滑に行う上でも、この国の医療の実態把握は必須事項だからね。

しかも片眼鏡をつけた紳士とくれば、そりゃあ勇んで向かいもする。

末永くおつきあいいただけるよう、印象を良くしておかねばね！

名家の令嬢よろしく、カイルに手を取られてしずしずと馬車から降りた私を、ヘネシー卿はご家族総出で迎えてくださった。

「このたびはお招きいただき、ありがとうございます」

「ようこそおいでくださいました。妻のアイーダと息子のセドリックです。ご挨拶を」

「主人からお話を伺い、楽しみにしておりましたの。どうぞおくつろぎくださいね」

奥様は柔和な笑みをたたえた美人だ。物腰柔らかな紳士然としたヘネシー卿と並ぶと、まるで一対の絵のようで、ほうとため息が漏れてしまう。

「どうも」

同い年だというご子息は、柔らかそうなブルネットの髪に、眼鏡の奥には碧眼が覗く。ヘネシー卿はやはり謙遜されたのだろう。年齢よりも大人びた風情の、利発そうな子だ。

印象良くするぞと心中で唱えて笑顔を向けると、ふいと視線を逸らされる。

うーん、ちょっとばかり、愛想はなさそうだけれど。

「さて、何からお話ししましょうか。将来を見据えた医学の勉強をなさっているとのことでしたが、気になっていることがありましたら先にお聞かせください」

カイルを控えの間に残して書斎へと場所を移し、応接ソファに腰を下ろしたヘネシー卿が穏やかに促した。

その背後の本棚には、王立図書館をはるかに凌ぐ量の医学書が並ぶ。

背表紙をざっと見る限り、ここでもやはり異国の書物がほとんどを占める。

母国語で書かれた医学書はこのヘネシー卿の著書が多く、あとは翻訳本しかない。この国の医療水準を確認しようとしたが叶わず、図書館で途方に暮れていた理由がこれだ。

比較的近年発行された異国の書物が多いことから他国の医療を積極的に吸収する風土が見て取れたが、翻訳には時間がかかるため、原著を読めなければ話にならないのだ。

「ありがとうございます。多々ございますが、まずは薬学と医学ではどちらの国の医療を多く取り入れているのかお聞きしたいですわ。最新の医療を正しく把握できるよう、語学の勉強を同時に進めたいと考えておりますの」

私の言葉にヘネシー卿は満足げに頷くと、本棚から何冊か引き抜いた。

「診療や手術については西方諸国、薬学は海を越え遠く南方の国からですな」

ヘネシー卿曰く、この国の医学の基盤はユナニ医学といい、学ぶべき言語は主に三つ。

辞書らしき読本をぱらぱらと拝見したが、残念ながらすぐにマスターできるような代物ではなかった。

また、内科や外科といった診療科の別がなく、看護も学問として確立されていない。

検査技師などの専門職もなく、病院に勤務するのは医師・事務員・看護師、それに修道士だという。修道士が在籍しているのは病院の前身が修道院だったことに由来しており、現在も奉仕活動の一環として介護を担っているのだとか。

専門職も専門診療科もないなら、この国の医療水準は推して知るべしと思ったが、麻酔を使用した簡単な開頭術や心臓手術も行われているらしい。

「手術後の経過はいかがでしょうか。たとえば、死亡率などは」

「そうですね。術式にもよりますが、下腿切断であれば四十パーセントほどでしょうか」

よ、よ、よんじゅう………。想像をはるかに超える死亡率におののく。

前世でその周術期死亡率を叩き出したらまず間違いなく訴訟沙汰だぞ。

患者だって裸足で逃げるわ。

早めに手術室の環境や洗浄消毒の状況を確認して、次の検証に盛り込まないとだな。

「遠くからでもけっこうですので、手術の見学をさせていただくことは可能でしょうか」

私の言葉にヘネシー卿は目をしばたき、まなじりを下げた。

「もちろんですよ。お望みとあらば、見学の手配をしましょう」

あっさり許可が出たことに驚いていると、ヘネシー夫人が小さく諫めているのが見えた。

医学生でもない会ったばかりの令嬢がするには、やはり無茶なお願いだったか。

「アイーダ。学びの場に早いも遅いもないよ」

委縮しそうになっていた私の想いを汲み取ってくださったのか、やんわりと夫人を諭す。

ヘネシー卿、人ができすぎている……っ‼

「他にご要望はございませんか？」

再びの促しに、手元へと視線を落とす。実は、効果実証の草案を持ってきているのだ。

この草案を読めば、私の興味が看護師や修道士に向いているとわかってしまうだろう。

これほどヘネシー卿が親切なのも、私が医師を志していると思っているためだとしたら気を悪くされてしまうかもしれない。

とはいえヘネシー卿以外につてなどないし、協力を仰がなければ何も始められないのだ。

内心ドキドキしつつ、草案をヘネシー卿にお渡しする。

「これはおもしろい。全部リーゼリット嬢が？」

「統計手法については先生をつけていただいております」

「ふむ。……あなたの年齢で衛生学にも造詣が深いとは驚きましたな」

どこか残念そうに微笑んでいることからも、私が純粋に医学を志す者ではないと気づかれたのだろう。それでも、ヘネシー卿が私に一線を引いた様子は見えない。

「もしよろしければ、対象病院の選定にご助力いただきたいのです」

「同程度の規模の病院ですな。リストアップしておきましょう」

どっしり構えて大きく頷く様が本当に頼もしい。なんていい方にお会いできたんだ……。

「セドリック。どうだ、たいへんに素晴らしいご令嬢だろう」

「……はい」

ヘネシー卿の言葉に、その存在を忘れていたことに気づく。

夫人は時折相槌を打ってくださっていたけれど、ご子息はまるで置物のように静かで、すっかり意識から抜けていたのだ。

蚊帳の外でつまらない思いをさせていたのか、挨拶を交わしたときよりも表情が硬い。

少しくらい話をふるべきだったか……気がきかなくて申し訳ない。

「我が家は医学に通じた家柄ではないため、こちらの環境には憧れますわ。セドリック様は普段どのような勉強をされていらっしゃるのかしら」

今さらながら愛想をふりまいてみたが、セドリック様は口元をわずかに上げるだけだ。

お、おう……目が笑っていない。

「さて、私はそろそろ失礼します。少し仕事を残しておりまして。お招きしたというのにあまり時間が取れず申し訳ないですが、どうぞゆっくりしていってください」

「十分ですわ。貴重な時間をありがとうございました」

慌てて立ち上がりお礼を言うと、ヘネシー卿も腰を上げ、柔らかく微笑む。

「セドリック、おまえに与えた教材があったろう。リーゼリット嬢に見せて差し上げなさい」

ご子息にも穏やかに声をかけられ、執務室へと退室されたのだった。


セドリック様の部屋に案内された私は、おしゃべりに興じる……なんてこともなく、並んでソファに腰かけたまま、ひたすら教材とにらめっこしていた。

さきほどの様子では打ち解けるには時間がかかりそうだし、話題なんて何も思いつかないし、時間は有限なのだ。

次はいつおじゃまできるかもわからないのだから、今はただただ集中したい。

こういうところが私の良くない部分なんだろうけれど、性分だからもう仕方ないわ。

三十分ほどたった頃だろうか。隣からばさりと音がしてそちらに目を向けると、セドリック様が読んでいた本を投げ出したようだった。

「……もう何度も読んで覚えてるから」

「まあ、さすがヘネシー卿のご子息ですのね」

「はっ、……君、父様から聞いてないの？　俺が出来損ないの息子だって」

突然の荒んだ物言いに、思わず目をしばたいてしまう。

この様子だと、どこかで父親の言葉を聞いてしまったのだろうか。

安易な否定はこの場合、逆効果になりかねないな。

「たいていの親は謙遜をするものですわ。私もお父様から何と言われているか怖くて窺えませんもの」

なるべく穏やかに返してはみたが、セドリック様の表情は硬いままだ。

「僕に君のような知性も熱意もないってことくらいわかるよ。……君みたいな子をよこして、あてつけのつもりなのかな」

「本の内容を暗記できるほど熟読するには、知性や熱意がなければ叶いませんわ。ヘネシー卿が私にお声をかけてくださったのも、セドリック様のよい復習になると考えてのことでしょう」

不信感や猜疑心が色濃く滲む、探るような目がこちらをひたりと据える。

思いっきり警戒されているわ。

この状態で私が何か言ったところで響くものはないだろうけれど、少しでも心が軽くなるのなら。そう思い、言葉を重ねる。

「もし本当にヘネシー卿がセドリック様のおっしゃるように捉えておいでででしたら、こうして私に紹介し、二人での学習の機会を設けるでしょうか。対外的な親の言葉など鵜呑みにする必要はございませんわ。セドリック様が思うよりもずっとヘネシー卿はご期待なさって……」

「君に、何がわかる！」

ぐっと胸倉を掴まれた拍子に、手にしていた本がばさりと落ちる。

とっさのことにバランスを崩し、ソファの肘置きへと倒れ込んでしまった。

驚き仰ぎ見たセドリック様の顔は、怒りではなく苦痛に歪み、今にも泣き出しそうだ。

胸倉を掴んだままの指は白み、小刻みに震えている。

ああ……必死になって蓋をしてきたものを、私がこじ開けてしまったのか。

よく知りもせずに言葉を紡ぎすぎたのだ。かけるべき言葉も見つからず押し黙っていると、溢れた涙がほろりと流れた。私に見られたくなかったのだろう。

セドリック様が私の胸元に顔を埋めたところで、ちょうど扉が開いた。

「ッ、セドリック……！　なんてことを……」

蒼白になった奥様が、部屋の入口で立ち尽くしている。

今の私たちの光景が他者からどう見えるのか、よく考えるべきだったのだ。

「セドリック！　おまえは、なんてことをしたのかわかっているのか！」

怒声とともに、頬を打つ乾いた音が響く。あの温厚なヘネシー卿が手を上げたのだ。

セドリック様は殴られた頬に手を当て項垂れるばかりで、何か言う様子もない。

「あ、あの……」

「ああリーゼリット嬢、私がお招きしたばかりに……まさか息子が、このような、っ」

夫人は泣き崩れているし、ヘネシー卿も涙を滲ませ言葉を詰まらせているのだが……残念ながら私だけ置いてきぼりをくっている。

いったいなんでこんな大事に？　胸倉掴まれただけだよ？

頭にはてなマークを飛ばしながらおろおろしている私の前に、ヘネシー卿が膝をついた。

「リーゼリット嬢はまだお若いのでご存じないと思いますが、このことが公になれば婚姻にも影響を及ぼしましょう。私共は決して口外することはいたしません。ですが、いったいどのように報いたらいいのか……」

ん？　これってまさか……殴るとかじゃない方の意味で襲われたと思われている……？

「ち、違います、誤解です！　私がセドリック様を怒らせてしまって、これこのように掴まれただけですわ！」

自分で胸元を掴み再現しながら同意を求めて振り返るが、当のセドリック様はふいと視線を逸らせやがるではないか。

何無視してくれてんだ、このバカ息子ぉ……っ！

変に意地張るのは勝手だけどね、それだと私の傷物疑惑が深まっちゃうんだってば！

「……おまえはもう私の息子とは思わない。この家から出ていきなさい」

「えっ！」

ううう、うそでしょ⁈

でもこの場で驚いているのは私だけで、言われた当の本人は何の抵抗もなく、眼鏡を拾って出ていこうとしている。

ちょっ、おいおいおいおい、なんでそこだけ素直なんだ。

わ、私のせいで勘当沙汰とか、ほんと勘弁なんですけどぉお！

「お待ちください、本当に誤解なんです！　どうか落ち着いて話し合いましょう！」

「リーゼリット嬢、あれに情けをかけることはおやめください。もう、私共に話し合う気など……っ」

……だめだ、これ以上話していてもらちが明かない。

ひとまず今日はお暇いたします、と言い置いて退室し、カイルを連れて馬車に駆け乗る。

車窓から街中に目を走らせていると、その背中はすぐに見つかった。

「なんで訂正しないの！　勘当を言い渡されたのよ？」

駆け寄る私には一瞥もくれず、セドリック様はただ下を向いて歩き続けている。

また無視かこの野郎、と拳を握りかけたところで、小さな声が耳に届いた。

「もともと父様も見切りをつけたがってたし、いい口実ができてよかったんじゃない？」

自嘲(じちょう)気味(ぎみ)に笑う無気力な様子に、ぷちんと何かが切れたのがわかった。

ぱあんと大きな音を立て、両手でセドリック様の頬を掴むと、痛みのためだろう小さな声が上がる。少しは生気の戻った目を真正面からねめつけ、腹の底からどすをきかす。

「今からうちに来なさい。いいわね」


屋敷に着いた私は、とりあえずお茶でも飲んでなさい、と言い置いてセドリック様をナキアに任せ、お父様の執務室へ向かった。

事の次第(しだい)を伝え、状況が落ち着くまでセドリック様をうちに泊(と)めるよう頼んだのだが。人様のお家事情をかき乱すなんておまえって子は、とずいぶん嘆(なげ)かれてしまった。

うちのバカ娘(むすめ)が申し訳ない、とセドリック様に平謝(ひらあやま)りしていたから、謙遜云々(うんぬん)の話への信憑性(しんぴょうせい)を増すことには成功したと思う。

ちょっと……いや、かなり切ないけれど。

お父様からヘネシー卿へお手紙も書いていただけることになったし、ひとまずは安心か。

悲しいかな、こういうことは子どもが奮闘(ふんとう)したところでどうにもならないものなのだ。

なんて日だとばかりにソファに身を沈(しず)めると、隣に腰かけていたセドリック様が憮然(ぶぜん)とした表情でこちらを見やった。

「君だって巻き込まれたようなものだろ。怒らないの」

「まあ怒ってはいるわね。お互い何にも言わないで勝手にこうだって決めつけて、あげくこれだもの。……あなた、ヘネシー卿に言いたいことがあったんじゃないの？」

「別に何も」

……ちょっとくらいは優しく話を聞いたげようと思ったのに、これだよ。

「しゃべりたくないなら、何も聞かないであげる。その代わり、あなたは明日私と図書館に行くのよ。今日借りられなかった分の本を借りに行くわ。語学は堪能みたいだし、私にわかるように教えなさい」

　腰に手を当て、びしっと指をさした私に、君の素はそれか、と呆れた声が上がったのは言うまでもない。

「よし、これでいいわね。ヘネシー卿のお屋敷に届けてちょうだい」
まだインクの匂いのする便箋を確かめ、真っ白な封筒に封蝋をしてナキアへと渡す。
本日届いたばかりのお手紙には、迷惑をかけてしまったことへの謝罪と、勘当の件は息子の意思を尊重すること、しばらくの間息子をお願いしたいという旨が書かれていた。
文面から察するに、一拍おいて冷静になられたか、私への無体云々の誤解は解けたようだけれど、いかんせん、こうなった原因の本質はセドリック様側にありそうだもんなあ。

あの頑なさだと、一筋縄ではいかないだろう。

セドリック様が滞在して早三日。

その間、語学を教わっているが、さすがはあのヘネシー卿のご子息と言うべきか。

主要な言語はすべからく頭の中に入っているようで、まさに生き字引と化している。

現在この国で医学の基礎となっているのはユナニ医学というものらしいが、それが記されているアラビア語と思わしき言語はまったく解読の余地がないのだ。

それにラテン語、ヒンディー語かな。私には入門書を開いただけで無我の境地に入れる。

環境なのか素養なのかは知らないが、この言語量をマスターするって相当だぞ。

同い年でこの語学力はやばいし、これでなぜあんなに卑屈なのか謎でしかない。

父親が優秀すぎて比べられてしまうのかしら。二世の宿命というやつか……大変だな。

「ちょっと。聞く気がないなら、もう僕部屋に戻るけど」

「えっ、まさかそんな。この単語には複数の意味があるから注意、でしたよね？」

ちゃんと聞いていましたよ、と慌てて笑顔で返すと、短いため息が返ってきた。

「……次ぼんやりしてたら二度と教えないからね」

セドリック様は眼鏡のふちをくいと持ち上げ、入門書のページをめくる。

この数日でわかったこと、その二。

突き放すような言い方をするけれど、その実とても面倒見がいいのだ。

一時間ほど頭を酷使した後は、お茶とお菓子で至福のひと時に興じる。

おいしい……疲れた頭とこわばった体にお茶が沁みるわ……。

「統計には明るいらしいのに、こっちはずいぶん苦労してるよね」

「まったく未知の領域なんですもの。まあ、これほど難しいとは思わなかったわ」

言葉の壁もそうだが、ユナニ医学が前世の医療知識とかけ離れすぎているのだ。

でもまったくの別物というわけでもないのがやりにくさに拍車をかけている。

「……医者をめざすなら必須事項なんだけど」

「あら、私は医者になるつもりはないわよ」

「めざしているんじゃないの？」

「医者を志す者が、あの草案を作ると思う？　ヘネシー卿も気づいていらしたわ」

「…………へえ、そう……」

や、やってしまったー……っ！

ヘネシー卿の名前を出してしまったせいだろう、部屋の空気がどんよりと暗くなる。

勘当を言い渡されたこの状況で明るくいられる人なんてそうはいない。

無理に聞き出さないといった手前、私から触れることはできないし。もどかしい……。

ええい、家の中でうじうじ考えていたって仕方ないわ。天気もいいし、こんな日は。

「外に行きましょう！」

「勝手に行ってくれば」

家の者に簡単なお弁当を用意してもらって、木製のテニスラケット片手に訪れたのは、屋敷からほど近い場所にある大きな公園だ。

領地にある本宅とは違い、タウンハウス——王都にある別荘のようなもの——の庭では満足に走れないと来てみたのだけれど、けっこう賑わっているのね。

ちょっとした大道芸も見られるようだし、小さな屋台なんかも出ている。惹かれるものを感じながらも芝生のコートを見つけた私は、さっそくテニスを楽しむことにした。

「さあ、行きますわよっ！」

「………いや、意味がわからないんだけど」

若干引き気味のセドリック様をよそに、元気よくジャンプサーブを繰り出す。

一度バウンドしたボールはセドリック様の真横をすり抜け、後ろにいたナキアのところまですっ飛んでいった。

ちなみに、私の後ろにはカイルが控えているため、どんな返球が来ようと対応可能だ。

「セドリック様、動かないとテニスになりませんわよ？」

ナキアからの緩い返球を受けている間に、次弾を待つはずのセドリック様がこちらにずんずん近づいてくる。

今動く必要はないのだが。

「ちょっと君、僕を殺す気なの」

「まあ。そんなつもりは毛頭ございませんわ」

お怒りのご様子っぽいのだが、思い当たる節はない。

「テニスって、もっとこう、優雅にするものなんじゃないの」

見てみなよ、とラケットで示された向こうには、ラケット片手にキャッキャうふふしている男女がいた。もはや違うスポーツだ。

「あれがテニス？　そうとは知らず……うちの領地ではこうでしたもので」

「……君のところは前衛的すぎるよ」

セドリック様は大きなため息をついた後、項垂れた首を戻した。

「テニスをするつもりならあれで。それ以外は認めないから。あとそのしゃべり方、鳥肌が立ちそうだから普段通りに戻してくれる？」

半眼でそう言い放つと、元の場所へと戻っていった。

鳥肌とな……。そりゃあ、私だって気にせずしゃべりたいけれど、誰がいるともしれない外で素をさらすわけにはいけないのよ。

それでも、やめたもう帰ると言わずにつきあってくれるのが憎めないところか。

今度は大きく山なりのボールを放ち、また山なりのボールを受ける。

キャッキャうふふとはならないが、まあ形にはなっている。

たまに来る意地の悪い返球につい本気打ちしそうになりながらも、示されるラケットにハッとなってしぶしぶ山なりに返す。

そんな、なんとも言えない時間を過ごしたのだった。


「とてもつまらないわ」

ひとしきりラケットを振り回し、木陰で休憩を取っているのだが、テニスしたって気がしない。

「君にはそうだろうね」

芝生へと足を投げ出すセドリック様の表情は、心なしか和らいでいるように見える。

「セドリック様はいかがでしたか？」

「……まあ、ちょっとは気晴らしになったんじゃないの。君のその、解せないって様子がおかしくて」

「…………意地が悪いわ」

こちらは不完全燃焼だっていうのに。

後でカイルとテニスし直そうかしらと思いながらサンドイッチをほおばっていると、目の前で小さな子が頭からすっころんだ。

体を起こして服の汚れを払うと、膝を擦りむいたらしく血が滲んでいる。

「まあ。びっくりしたわね。泣かないの？　えらいわね」

傷口を洗えそうな水場を探すが、近くには見当たりそうにない。

どうしたものかと考えていると、慌てて駆け寄ってきた母親の方へと元気にすっ飛んで行った。あの分なら大事ないだろう。

親子を見送り木陰へと戻ると、今度はセドリック様がひどい顔色をして俯いている。

な、何事?!　さっきまではなんともなかったよね？

私も同じものを食べたし、何かにあたったというわけでもないと思うけれど……。

「少しはしゃぎすぎたのかしら。ひどい顔色ですよ、横になられませ」

「いらない……放っておいてよ」

つっけんどんなのはいつも通りだけれど、声に張りがなくなっている。

このまま引きずって帰ってもいいのだが、それで悪化させてしまうのも忍びないし。

「カイルにお姫様抱っこされて帰るのと私の膝枕、どちらを選ばれます？」

にっこり笑って提案すると、セドリック様は苦渋に満ちた顔で横たわった。

すぐにそっぽを向いてしまったが、髪の間からはほんのりと赤くなった耳が覗く。

なんと、セドリック様も思春期の男の子だったか。

「帰ったら、……もう一時間だけ授業してあげるよ」

「まあ、それはありがたいわ。しっかり良くなってもらわないとね」

よーしよしよしと頭を撫でてみたら、調子に乗らないでと手をはたかれてしまった。

そんなわけで、顔色の落ち着いたセドリック様とともに屋敷に戻った後、再度入門書と格闘することとなった……のだが。

「……っ、あー……」

指の先から滲んだ血が、つぷりと玉になる。紙の端で指を切ってしまったのだ。

これ、傷は小さいのにけっこう痛いのよね。

ナキアが手渡してくれた端切れを傷に当て、ふうと小さなため息をつく。

この世界には絆創膏もないようだし、右手の人差し指じゃ何をするにも不便だわ。

注意散漫なんじゃない、とここぞとばかりに皮肉が飛んでくるんだろうなあと覚悟していたのに、傍らのセドリック様は思いのほか静かだ。

珍しいこともあるもんだと視線を向けると、ひどく青い顔をしている。

……なるほどなあ。現状と、さっきの公園での状況。一致するものは一つだ。

「あなた、血が苦手なんでしょう。こんなに優秀なのに、いつも自虐的な理由はこれ？」

無言で睨み返してくるその目は鋭く、肯定しているに等しい。

「なんてもったいない。あなたね、医者という職業がヘネシー卿の行っている形のみだと思っているの？」

詮索はしないとは言った。でも、黙っているとは言っていない。

こんな理由で才能溢れる若者をくすぶらせるのも、親から必要とされていないと誤解したままなのも見過ごせるもんか。

「あれだけ各国の本を読むことができていながら、気づいていなかったとは言わせないわ。どの著者も一つ二つと分野を絞って書かれているでしょう。それは、その方がより深い知見を得られるからよ。血を見ない医者なんていくらでもいるわ」

この世界で医師免許を得るためにどんな試練があるかはわからない。

それでも、資格さえ得てしまえばこっちのものだ。

薬理学、生化学、微生物学など、基礎医学にあたる分野につけば、目の前の患者を治療することはなくとも、目には映らない、より多くの人間の命を助けることができる。

「ヘネシー卿のような総合診療が行える医者も必要よ。でもそれが叶わないというのなら、その背中を追う必要なんてない。あなたは、国内初の専門医になりなさい」

言いたいことを言いきったと、鼻息荒く仁王立ちする。鼻先にびしりと突き出したその指から、つうと血が垂れた拍子にセドリック様は倒れてしまったのだった。

日頃の恨みだとか、決してそんなことは、……絶対にないですからね？

その後セドリック様が語った話によると、昔見学した手術中に倒れ、それ以降血がだめになってしまったらしい。

えーっと……十四歳の言う昔って何歳だ。大人でも見学中倒れる人もいるっていうのに。

学ぶのに遅いも早いもないとはヘネシー卿の言だけど、さすがに無茶しすぎでしょう。

「以前は熱心に教えてくださったのに、倒れてから父様は何も言わなくなってしまった。手術中に卒倒するようでは医者に向かないと、呆れられてしまったんだと思う」

仰向けで目元にハンカチを置いたまま、セドリック様がとつとつと語る。

いつもより幾分か弱々しく感じるのは、布を一枚隔てているせいか。

過度な期待を寄せられるのはつらいが、まったく気にかけられないのも堪えるものがある。

特にこの時期の親からの関心というのは、子どもに多大な影響を与えうるのだ。

そこに私がひょっこり現れたわけだもんなあ。

その上、目の前で手術見学を自分から申し出れば、そりゃあてつけか、代わりの子どもを探してきたかと邪推もするよね。

「……私の存在はさぞ疎ましかったでしょう」

「まあね」

言い淀みもせず、ずばっと答えるところはさすがですな、セドリック様よ。

なんとも言いがたいものを感じていると、小さな衣擦れの音が耳に届いた。

「……ねえ、君が医学の知識をつけようとしている理由は何？　医者になりたいわけでもないのに、必死になって学ぶのは」

ハンカチを持ち上げこちらを見やるセドリック様の瞳は、凪いだ海のように静かだ。

眼鏡を外したその目にはぼんやりとした輪郭しか映っていないのかもしれない。

すべてを打ち明けるわけにはいかないが、それでも、ごまかしたり嘘をついたりはしたくなかった。

「穏やかな日常がずっと続くとは限らないでしょう？　私にできることは何か、模索しているのですわ」

まっすぐ見返し答えた私を、その回答を、セドリック様はどうとっただろう。

「…………そう」

セドリック様は一言だけ呟いて、再びハンカチを落とす。

引き結ばれた口元は何も読み取らせてはくれないのだった。

「あのバカ……っ」

俺は報告書に目を通すなり、怒りのあまりぐしゃりと握りつぶした。

紙面には、血のつながりのない同い年の令息を宿泊させている上、公園で仲良くテニスに興じていたとある。あまつさえ膝枕姿を何人にも目撃されているというではないか。

衆目の中、兄を助けるためにと何度も口づけするような令嬢なのだ。

普通ではないと重々承知してはいたが、ここまでとは。

めまいすら覚えて頭を抱える。どうしてこうもうまくいかないのか。

国の平定のために俺を撒き餌として利用せよと、以前から陛下と兄には伝えてあるのだ。

俺に近づく者や、俺が意図して近づく者に留意し、危険分子をあぶり出せと。

――傍に置けば必ず意識してリーゼリット嬢を見るだろう。黙っていようが、そう遠くないうちにあの日の恩人だと気づく。俺はそれまで、王太子妃としての適性を見つつ、あの無防備で無自覚な令嬢が他の男の手に渡らないようにけん制すればいい――

そう考え、兄の前から姿をくらまそうとするリーゼリット嬢へ婚約を取りつけたのだが、
今のところ少しも奏功したとは言えない。

兄の記憶が戻る気配はなく、エレノア嬢をあの日の恩人だと疑ってもおらず、リーゼリット嬢にいたっては新作の醜聞を披露し続けているからな。

なんとか印象を良くしようと働きかけてはいるが、当人たちが会う機会がないのでは挽

回のしようもない。このままでは恩人と気づかせるどころか、要注意人物だと誤解されてもおかしくないというのに……よりにもよって膝枕、だと……？

花畑でのんきに男と戯れるリーゼリット嬢が頭に浮かび、再び腹の奥が煮える。

あのふざけた令嬢には釘を刺しておこう。その滞在中の令息を早めにどうにかせねばな。おかしな噂が立つ前に、貴族たちには妃殿下からそれとなくフォローを入れてもらうとして、まずは兄にこの情報が渡らないよう、侍従に手回しを――

ノックの音に振り返ると、部屋の戸口に兄が立っていた。


「一度、リーゼリット嬢と話をしたいのだけれど」

招き入れるなり切り出された内容と硬い口調で、兄の意図を知る。

記憶が戻っていれば、もっと違った反応になるだろうからな。

「……どうやら勉学に忙しいらしく」

「他の令息と会うためでなく？」

やはりな。しかも、すでに聞き及んでいるか。

思わず眉を寄せてしまうと、しょうがないといった風に兄の口からため息が漏れた。

「安心していいよ、何も頭ごなしに反対しようとしているわけではないんだ。ロータス家に不審な点は認められなかった。となれば、『あぶり出し』の意図ではないのだろう？

ギルベルトが初めて自分の意志で欲したのだからね。むしろ応援しているくらいなんだよ。……ただ、そうだね。リーゼリット嬢には少し行動を改めてもらえたらと」

これは、要注意人物だと誤解されなかったことに安堵すべきなのか。

こんな調子では、いつまでたっても本当のことなど明かせやしない。

まずは兄のリーゼリット嬢への印象を変えなければ。

だが登城させようにも、リーゼリット嬢の意思に任せていたら機会など訪れないだろう。

蒔いておいた種が芽を出すのを待って、陛下の威光に頼るのが妥当なところか。

「陛下から、近く登城の達しが届くでしょう。兄様とも会えるよう取り計らいます」

「それは父に直接頼んだわけではないのだろう？　……また何か画策を？　優秀なのはいいことだが、ギルベルトはいつも自分を蔑ろにしがちだ」

俺のことが心配だと、俺の頭を撫でる。

かつて唯一のぬくもりだった、兄の優しい掌が。

「いまだに食事も一人でとろうとするし、民の誤解を解くことすら避けているだろう。僕は、ずっとこのままでいいとは思っていないよ。たった一人の弟なんだ、ギルベルトには誰よりも幸せになってほしい」

深い慈しみと大きな度量。真摯な言葉は決して口先だけのものではない。

誰もがこの人のために尽力したいと思わせる、王としての資質。

俺のこの身はすべからく、この兄に報いるためにあるのだ。

兄の言葉に応とも否とも返すことはせず、誇らしい想いで静かに目を伏せる。

その俺の様子を、兄が痛ましげに捉えているとも知らずに。

さて、本日は二回目の統計学の授業であります。乙女ゲーム内の先生の設定につい表情が固くなる私へ、様子くらい見に行ってやろうか、とセドリック様が声をかけてくれたけれど、カイルとナキアもいるし、対策はばっちりなので心配ご無用だ。

そう、たとえまったく前知識のない攻略キャラにぐいぐい来られたとしてもね！

「リーゼリット嬢……すごく、待ち遠しかった……」

今日も今日とて先生のキラキラの余波がすごい。

すさまじい風圧を感じるけれど大丈夫、これは単なる敬愛だから。

視覚フィルタをオンして耳と尻尾をつければあら不思議、美青年わんこのできあがりだ。

「私も今日を楽しみにしておりましたわ。本日は調査期間と保清の具体策について確認をしたいと思っておりますの」

「うん、すぐにでも始めようか」

応接ソファへ促すと、先生は尻尾を大きく振り回……したように見えた。

頬を染め、どこか儚げな笑顔を向けるこの方は、実は偉大な人物だったりする。

レスター・フォン・ローバー、現在十八歳。乙女ゲームの攻略キャラ。

原作小説では主人公との接触はほとんどなかったが、周辺国の国力を数量的に比較する、いわゆる政治算術を行っていた方だ。

彼の情報をもとに国が戦争の方策を決めていたはず。

優秀な方とは思っていたが、まさか将来の国政に関わる人物だとはね。

そんな偉人が今まさに、小娘の脳内でわんこにされちゃっているとは誰も思うまい。

「データ採取六ヶ月のうち、最初のひと月は何も行わない調整期間とし、保清の実施は二ヶ月目からと考えています。この方が検証前後の変化を示しやすいかと思いまして」

「調整期間は可能ならふた月分ほしい。一ヶ月目が必ずしも平均的な数字になるとは言いきれないからね。ただ、調整期間が長くなれば検証結果が出揃うのが遅くなってしまう」

懸念しているのはそこかな、との投げかけに頷きで返す。

ふた月とれるならそうしたいが、その分実施期間を短くしては意味がないし、いたずらに期間を延ばすのも、この先を思うと……。

「過去のデータをさかのぼることはできるのかな。それなら調整期間はひと月ですむ」

さかのぼると言っても、はたしてこの世界にカルテの保管義務があるかどうか。

「そのあたりも一度伺ってみます」

ヘネシー卿に相談する事項が増えるな。

セドリック様の状況を思うと、すぐの依頼は難しいだろう。

必要事項を確認し、企画書を書き上げ、企画が通り、実際に行動に移れるのはいったいいつになることか。検証結果が出たとして、それが世に認められて現場に導入されるのは。

勘当騒ぎさえなければ、あの不用意な言葉さえなければとは思うが、今さらどうなるものでもない。

メモを取っていた私の髪がはらりと下りたのを、先生が掬い取って耳にかけてくれた。

「何か、焦ってる……？」

心配をかけてしまったのだろう、覗き込むその瞳には労るような色が乗っている。

「やりたいことが、多すぎるのですわ」

「大丈夫、僕がいるよ」

真摯なその声はとても小さい。耳を澄まさなければ聞き逃してしまうような。

それでも、先生の言葉は本当に頼もしく心に響いた。

じんと染み入り俯いてしまった私の頭を、おずおずとだが優しく撫でてくれる。

うう、泣いてしまいそうだ。

しばらくされるがままになっていたのだが、額にそっと掌以外の感触がして顔を上げた。

先生の顔がありえないほど近くて、思わず後ろに飛びすさる。

「……っ⁉」

驚きすぎて涙も引っ込んだわ。

「……あの、先生……？」

今、何をなさいました？

いや、ナキアとカイルの驚愕ぶりを見れば聞かずとも察することは可能か。

おそらくは唇が触れたであろう額から、じわりじわりと熱が広がっていく。

「えっと、ごめん。なんだろ……その、慰めたかったん、だけど……」

「は、はあ……」

しどろもどろな先生の顔も赤く、ついには二人で黙り込んでしまった。

「……………………」

「……、……………っ、…………」

時計の針の音だけが妙に響くこの空間。

……喪女には無理、耐えられない……っ！

「私が間違っておりましたわ、どうか助けてくださいませ……！」

「……まあ、そんなことだろうとは思ったがな」

その姿を見るなりテーブルに突っ伏した私を、冷ややかな目が迎える。

私を見下ろしているのはセドリック様ではない。

セドリック様に助けを乞おうと部屋を出て、待ち構えていた従僕についていった先で、
なんとギルベルト殿下が優雅にお茶を傾けていたのだ。

「合わない相手に学び続ける必要があるのか」

……はあ？　……何言ってくれちゃってんの？

言葉にせずとも、院生時代に舐めまくった辛酸が表情に表れていたのだろう。

悪かったもう言わないと告げる殿下はずいぶんと引いた表情をしていた。

「自由にしろとは言ったが、何事もほどほどにするんだな。ロータス伯爵から嘆きの声が届いている」

「そうは言っても、この国とあなたを守るためですもの」

ぐ、ごふっ、ごほごほ。

おお、王子ともなるとむせ方も上品になるらしい。

「まったく関係性が、見いだせないんだが。そもそも、なぜ『国』と『俺』なんだ」

むせた加減か照れているのか、口元を隠しながら憮然と呟く、その頬はじんわりと赤い。

「なぜって、私は今、殿下の婚約者でしょう」

原作小説とは開始時の状況が異なってはいるが、医療系の試練がなくなるわけではない。ギルベルト殿下の婚約者となることを選択したからには、殿下の負傷や国への被害はもれなく訪れると思って、早めに対策しておいた方がいい。

対策といってもやれることは限られているし、めざす人物は医師でなく看護師だけど。

至極まじめに答えたというのに、殿下はどこか不満げだ。

「自覚があるのはいいことだが。……おまえの夢はそれか？」

まだ頬に赤みの残る殿下に問われ、かのお方がボンと出てきて思わず唸ってしまう。

「まあ……そういうことになりますわね……」

本来なら、かのお方をめざすこと自体おこがましいというか、レベルが違いすぎて恥ずかしいくらいなのだけれど。

なんとも歯切れの悪い私に殿下はため息をつき、組んでいた足をほどいて立ち上がった。

「乗りかかった船か。おい、まだ授業中なんだろう。俺を連れていけ」

「この資料では、保清の実施頻度は週一回となっているが、何か理由があるのか？」

「たとえ良い結果が得られたとしても、高頻度では現場の導入は困難となるでしょう。効果が見込め、かつ手を伸ばしやすい頻度としましたの」

可能ならもう少し頻回に行いたいが、この世界の常識から考えればこのくらいが妥当だろうしね。まずは清潔の必要性の概念が定着することをメインの目標に据えたい。

「ふむ。その保清とやらは、全部おまえ一人で行うつもりか」

「いいえ。病院側からすれば通常業務にプラスする形になりますから、伯爵家でスタッフを雇う予定です。ボランティアの修道士に依頼することも考えましたが、短期で変則的とはいえ働き口を増やせるならそれにこしたことはないかと。調整期間中に実施方法を指導し、手順の統一化を図りますわ」

「令嬢にあるまじき現場主義だな。どんな生き方をすればこう育つ」

「……恐れ入ります」

ふいに逸れた殿下の視線を追って顔を上げてみるが、向かいのソファに座る先生はいまだ固まったままだ。

部屋に戻った私を一目見るなり、真っ赤な顔で俯いてしまって。

以来一言も発せず、あんなにうるさいほどだった視線は一度も合わない。

「だそうだが、貴殿から何か意見はないのか？」

たまりかねた殿下が資料を見つつ声をかけてくれたのだが――

「……とても、良いと……思います…………」

蚊の鳴くような声が聞こえたかと思うと、またしんと静まり返ってしまった。

「イエスマンなだけの教師が、おまえの好みか？」

「まさか。ついさきほどまで的確なご意見をいただいておりましたわ」

先生の様子がおかしいのは、さっきのデコチューが原因だろう。

ただ、ちょいと長すぎないか。まあ、こっちも殿下のおかげで落ち着いたようなものだから、人のことは言えないのだけれど。

もし二人きりならずっとこの調子だったのかと思うと……。

お、恐ろしすぎでしょ……私じゃ日が暮れる時間になっても何もできないってば。

「……、すみません……大丈夫と、言っておきながら……僕にも、なんで、こんな……」

先生も現状に動揺しているのだろう、苦しげに寄せられた眉根が心情を物語っている。

手の甲で目元を覆い、細く長く吐き出した息も震えがちだ。

「先生、どうかお気になさらないで」

声をかけた私を指の間から見やるなり、湯気でも出ているんじゃないかってくらいに茹で上がってしまった。

たとえぐいぐい来なくても、私にはこの状態の先生をどうしたらいいのかわからない。

ふがいない私を許してくれ……。

「あの、…………今日は……出直して、きます……」

先生のおぼつかない足取りに、見送りに立とうとしたところで腕を引かれる。

殿下は首を横に振るだけだったが、ついていかない方がいいということだろう。

ナキアとともに出ていく先生を見送って、扉が閉まった音につめていた息を吐いた。

「……いったい何をやらかしたんだ」

何かされた記憶はあれども、やらかした記憶はない。

「それが私にもよく……」

「おまえからの回答は期待していないから安心しろ」

じゃあなぜ聞いたし。

「おい、そこの」

ジト目を向ける私をよそに、殿下が呼びかけたのは、部屋の隅に控えていたカイルだ。

「ずっといたのだろう。何があったのか聞かせろ」

な、なるほど、客観的な意見が……！　これほど重要な証言はないだろう。

「いえ、私なぞには」

かしこまるカイルに、二人分の無言の圧がかかる。

しばし逡巡したものの観念したのだろう。

小さく咳払いをした後、伏し目がちにこう返ってきたのだった。

曰く、私のしおらしい様子に男心を刺激されたのではないか、と。

「ほう……おまえにしおらしい一面があったとは驚きだ」

「……殿下は私のことを何だと思っていらっしゃいますの？」

超合金的（ちょうごうきんてき）なアレとか言ったらはっ倒すからね。

しかし……しおらしい、ねえ。ちょっと涙ぐんじゃったあれかな？

相手が人慣れしてなさそうな先生だったから、ぐっときたとか……。

というかこれ、私が何かしたことになるの⁇　おかしくない？

弁解を求めてカイルを見やると、殿下は長めの息を吐いたのち、ソファにごろりと横になった。足はソファのふちから投げ出され、頭は私の膝の上。いわゆる膝枕の体勢だ。

突然の出来事に驚いていると、殿下は憮然とした表情で口を開いた。

「……次の授業はいつだ」

なんと、次も来てくれるつもりなのか。

「日曜はお休みで、二日おきに入っておりますの。次は週明けですわ。あの、来てくださるのですか……？」

「前にも言ったが、俺もそれほど暇ではない。おまえが城に来ないから仕方なくだな」

「私にだってそのくらいの分別はありますわ」

二番目とはいえ王位継承権（けいしょうけん）を持っているわけだし、勉強やら何やらいろいろあるのだろう。そんな中来てくれていることに感謝だってしている。城に行く気はとんとないが。

「なら少しは労ってみろ。この間のようにこのまま追い出すようなら次はないからな」

そう言って瞼（まぶた）を下ろす。殿下の呼吸は深く、長い。

このままひと眠りするつもりなのか。

前回はこちらの用がすんだらさっさと追い返してしまったようなものだけどさ。

……労ってみろと言われても。

「頭を撫でても？」

「好きにしろ」

そっと触れたアッシュブロンドの髪は想像よりも柔らかく、さらさらと手になじむ。

好きにしろと言ったのは本当だったようで、何度撫でてもされるがままだ。

おお……なんだろう、ちょっと感動。徐々に懐いてきた野生動物みたいな。

瞼の下りた顔は険が取れ、幾分幼く見える。こうして見るとやはり整っているなあ。

……顔にいたずら書きでもしてやろうかしら。

「ちょっと聞きたいことがあるんだけど、って……」

童心がうずき始めた私を止めるかのように、ノックとほぼ同時にセドリック様が入ってきた。開いた本を片手に持ったまま、なぜかこちらを見て固まっている。

授業の様子を見に来てくれたのだろうか。それとも本当に聞きたいことがあったのか。もし前者なら丸くなったものだ。

「………何してるの？」

戸口からでは向かいのソファが邪魔で、殿下の姿は飛び出た足くらいしか見えないのだろう。殿下が膝の上に自分の腕を挟んで顔を上げ、ようやく互いを認識したようだった。

「セドリック様、授業はもう終わりましたの。こちら婚約者のギルベルト殿下ですわ。殿下、ヘネシー卿のご子息のセドリック様です。ちょっとした行き違いがございまして、屋敷に滞在されておりますの」

「君、いたんだ……婚約者」

「ええ、まあ」

心底意外だって顔やめて、地味に傷つくから。

利害が一致しただけの仮初のものではあるけれど、まあ一応、対外的には婚約者なのだ。

「……しかも、殿下って……」

「……リーゼリット嬢が世話になっている」

首の後ろへと回された腕に引き寄せられたせいで、私の上体が少しかぶさる形になる。

この体勢少し苦しいし、今その演出いらないよとは思うが、殿下なりのサービス精神か。

殿下、大丈夫。セドリック様には不要だから。

ほら見てみなよ、バカップル乙みたいな据わった目になっているでしょう?

「失礼、邪魔をしたようで」

セドリック様は一段と眉をひそめ、一礼をして去っていく。

様子を見に来てくれたのかもしれないのに、お礼を言う間もなく扉が閉じられてしまっ

た。

「親族というわけではないのだろう？　婚前の令嬢がよその令息と一つ屋根の下なぞ、普通なら破談ものの醜聞だ。……聞くところによるとデートもしていたらしいしな」

おっと耳が早い。あれはただの気晴らしだったんだけど、はたから見ればそう映るのか。

ちょっと遊びに出るのも一苦労だな。

「普通の令嬢の分別など最初から期待してはいないが、あまり派手にやらかすな。横やりが入る」

殿下は頭の後ろで腕を組んだまま、再びごろりと横になる。

「……膝枕の話も、お聞きになりましたの？」

ふと浮かんだ疑問を投げかけてみれば、顔をしかめて腕ごとそっぽを向かれてしまった。

「………別にこれは、うらやましかったからなどと、そんな理由ではなくてだな」

隠しきれていない赤い頬が覗き、思わずぐうと唸ってしまう。

これ、答えているようなものだよね？

ピンポイントで萌えをえぐっていくの、ほんとやめて。

先生はあんな状態だし、ヘネシー卿にもすぐには連絡できそうにないし、効果実証は焦らずいくしかないかと思っていた矢先。

「明日出ていくよ」

どこかに出かけていたらしいセドリック様が、帰宅するなり私に言い放ったのだった。

「え……っ、ど、どちらに行かれるの？」

「もちろん、自邸だよ。さっき父様と話し合ってきた」

知らない間に状況が好転していただと……！

「まあ！　和解されたのですね、安心しましたわ。ヘネシー卿は何と？」

「君の言う、専門医の道を認めてくれたよ。勘当もなくなった」

よ、よかった……これで人様のご家庭を壊すなんて恐ろしいことはなくなったわ。

セドリック様のことだから、私の言うことなんて聞きやしないだろうと思っていたけれど、認識を改めよう。

「……あとはまあ……ちょっと無理難題を言われただけ」

言葉を濁しながら眼鏡のブリッジを持ち上げる様子に、瞬きを返す。

……ヘネシー卿の無理難題ってとんでもなさそう。聞くのがちょっと憚られてしまうわ。

まんざらでもなさそうな顔をしているから、セドリック様にやる気がないわけではないのだろうけれど。

「それにしても急ですわね。鉄は熱いうちに打てということでしょうか」

「あのね。婚約者がいるのに、いつまでも僕が居座ってるわけにはいかないでしょ」

な、なんと……！　まさかの婚約者効果とは。殿下、いい仕事しすぎじゃない？

そうかなるほど、これが常識というものなのか……。

「それで僕、この薬に取り組むことにしたから。いい薬なのに不安定で精製にも保存にも向かないからって、その後誰も手をつけていないみたいなんだよね」

広げられた本は専門用語がずらりと並ぶが、ざっくりした概要ならば私にも読めそうだ。

「微生物学ですのね、とても素晴らしいと思いますわ」

こくこくと頷きながら拝見すると、どうやら十年以上も前に発見されたものらしい。

その薬の名は。

ぺ、ニシ……、ッ、ぺ、……ペニシリン⁉

前世でも有名な人類初の抗生物質！　原作小説で主人公が作っていた薬だよ！

たしか共同研究者と一緒になって作っていたんだったわ。

その共同研究者っていうのが、セドリ……ックゥゥゥ！　あんたかー！

………ああ、うん、まあそんな気はしていた。

病院関係者だし、あの小説の世界だし、心のどこかでなんとなーくそんな気はしていたけれども。なんで今まで思い出さなかったんだ、記憶力ほんと仕事して……。

セドリック・ツー・ヘネシー、十四歳。乙女ゲームの攻略キャラの一人。

架空の乙女ゲーム内では、悪役令嬢が盗み出す薬をヒロインとともに開発する人物だ。

小説の主人公はむしろ主軸となって薬の開発に乗り出していたから、いいライバルみたいな位置づけだったのよね。

私じゃ何の知識もないので、共同開発はおろかライバルにすらなれないいんだけど、この場合どうしたらいいんですかね。とりあえず応援しとく？

本を見やるなり瞠目して固まった私を、内容を熟読していると思ったのだろう。

セドリック様は効能が書かれた箇所を指さした。

「君は知らないだろうけど、この薬、感染症を防ぐんだ。いろいろ調べた中でこれが一番役に立ちそうだったから」

いや、知っていますよ。前世でもものすごく有名なものだったからね。

それこそ医療分野におけるダイナマイト並みの世紀の発見ってやつですよ。

医療の転機がこの薬だと言ってもいいくらい。

すごいな……これがシナリオの力というやつか。

なんだかんだ原作小説と同じように進んでいくんだなあ。

感心するようにセドリック様を見やると、なぜだか呆れたような顔をされてしまった。

「……あのさ、気づかない？　君の夢に添おうって言ってるんだけど」

そう言われましても。言葉の意味がわからず目をしばたいてしまう。

「以前聞いた、君の医学を学ぶ理由。それにあの企画書。そういうことじゃないの？」

違うなら他を探すけど、と言われて慌ててかぶりを振る。そのものビンゴだよ。

この薬を作れない代わりに、ちょっとでも私にできることをって行動していたんだから。

「君にはこれでも感謝してるんだ。こうして進むべき道を見つけることができたのも、父様ときちんと話せたのも、全部君のおかげだから。僕にできるお礼はこのくらいしか浮かばない。……絶対に成功させてみせるから、見ていて」

セドリック様は私をまっすぐに捉えて話す。その輪郭が次第に滲む。

ぽろりと一粒零れた後は、溢れて止まらなくなってしまった。

「ちょっと、なにも泣くことないだろ」

目の前でぼろ泣きする私に、セドリック様が慌てているのがわかる。

だって、勘当されたままだったらどうしようって思っていたくらいだったのに。

ペニシリンを選んだのが私の影響とか。まさかそんな、思わないじゃない。

小説の記憶だってあやふやで、主人公のような知識も技術もなくて、いないはずの第一王子がいて。何もかも手探り状態の中で始めたことが、ちゃんと役に立っていたなんて。

いつのまにか俯いていたらしく、とん、と額が何かに当たる。

セドリック様が肩を貸してくれたのだ。

頭をぽんぽんされて、また新たな涙が零れそうになり……はっとする。

「っこれは、しおらしい涙じゃないから！　うれし涙だからね！」

がばりと跳ね起きた私に、セドリック様はぱちくりと瞬き。

「は、なんだそれ」

くしゃりと顔をほころばせたのだった。

……初めて見る笑顔の破壊力たるや……ぐぬう。

三章◆一難去ってもまた一難

カツンとヒールを打ち鳴らし、本日向かいますのは……城、でございます。

二度目の登城とあって、前回よりは落ち着いていると思うでしょう？

私もそう思いたかったが……そんなこと、あるはずがなかった。

本日の用向きは国王陛下との謁見なのだ。エスコートはお父様にお願いしていることもあり、城内見物キャッキャとか言っていられる状況でも心情でもないのだ。

あああああ足が震えるわ……。

どどんと広くて豪華な廊下を通り抜け、謁見の間に辿り着く。

ドーム型に作られた高い天井、五人くらい乗れてしまいそうな大きなシャンデリアに、白地に深紅と金で彩られた壁や柱。深紅の階段の一番上に王座が鎮座している。

悲しいかな、私の残念な語彙力では感嘆詞くらいしか言葉が出ない。

衛兵が敬礼したのを合図に、私もお父様に倣い最上位の礼をとる。

ほどなくして続きの間から現れたのは、賢王と名高きロディウス・フォン・クライスラーだ。建国後初めて、諍いの絶えなかった隣国との休戦を叶えた名君。

先の展開を知る身としてはつかの間の平穏ではあるのだが、それだけ困難な道ということだ。陛下の治世は見事だといえよう。

原作小説では、優秀な未来の王妃たる主人公にゲロ甘な王様だったが、はたして私にも適用されるのかどうか。

「急なことであったろうに、よくぞ参られた。ロータス伯爵、そしてリーゼリット嬢」

「国王陛下におかれましてはご健勝のこととお慶び申し上げます。このたびは拝謁の機会を賜り、誠にありがとう存じます」

「なに、そう硬くなることはない。あのギルベルトが見染めたご令嬢はどのような人物かと気になってね。さあ、顔を上げられよ」

柔らかな声音に乞われるまま、すいと顔を上げる。

王座には、たおやかな髭を生やした恰幅のいい人物が片肘をついていた。

どことなく二人の息子に似ており、優しそうな風貌をしている。

「ふむ、伯爵に似た聡明さを思わせる顔立ちだ。噂はかねがね伺っている。ギルベルトの名を借り、何やら始めようとしているとな。まずは、王家の名を出してもよいと判断した、君の考えを聞こう」

……前言撤回、全然優しくないわ。

私が殿下のサインを強奪したせいとはいえ、迫力がヤバイ。

口元にのみ笑みを残してはいるが、その目は本質を見抜かんとする鷹のようだ。

王座からずいぶんと距離があるというのに、間近でねめつけられているかのような、底知れぬ威圧感を覚える。

背中にじわりと汗が滲み、呼吸が乱れる。

これが、この国を統べる王か。

……答えいかんでは首が飛ぶな。私だけでなく、傍にいるお父様も。

ちらと隣に視線を送るが、父は表情を変えた様子はない。

おそらく、父にはすでに話が通っているのだろう。知らぬは私のみ、か。

くっ……まだ成人も迎えていない子どもになんてことするんだ。

トラウマになったらどうしてくれる。

拳を握りたくもなるが、答えないわけにはいかない。さあ、どう返答したものか。

感染症を少しでも抑えるためには、衛生環境の改善は必須事項。

ペニシリンの安定供給には時間を要するだろうし、需要を満たしても乱用すれば耐性菌を増やすだけだからね。感染症が起こりにくい環境を整えておく必要があるのだ。

ここで効果実証の認可を取り下げられるわけにはいかない。ならば力推しするのみ。

「陛下の治世におかれましては、隣国の脅威に怯えることのない日々を過ごせております。この平和が永久に続くことを願ってやみません。しかし、いかに平和といえど有事の際の準備を怠ってよいものではございません。いつ何時隣国との諍いが再燃しても、たとえ何らかの病魔に蝕まれたとしても耐えうるように、この国の医療を盤石なものにしたいと私は考えております。その上での企画書でしたが、事をなすには私のみでは力及ばず、殿下の御名を拝借いたしました。許可を得るにあたり早計であったと恥じております」

陛下の治世を慮りつつも、自分の正当性を主張。恥じるとは言ったが、間違いだったとは言わない。失礼千万、なるようになれよ！

「撤回するつもりはないと？」

「ございません」

まっすぐに陛下を見据え、きゅうと唇を引き結ぶ。

肌にひりつくような眼光が注がれ、重圧に耐えることしばし。

重苦しい沈黙がふいに和らぎ、謁見の間に豪胆な笑い声が響いた。

「なるほど。これは、ロータス伯爵が手を焼いているというのもよくわかる」

「畏れ入ります」

おおお、畏れ入りますじゃないよ。フォロー皆無って、放任にもほどがあるでしょ！

この状況、まさかお父様が招いたんじゃないでしょうね。

必死に虚勢張ってはいたけど、こっちは足がくがくだよ！

「よかろう、ではもう一つの話に移ろう。少し前になるが、ファルスがあわや命を落とすところを、一人のご令嬢に助けられたそうだ。その後の茶会で名乗り出た者がいたのだが……私はその者ではなく、君ではないかと疑っている。合っているかな？」

鷹のような目がすうと細められ、ようやく今日呼ばれた意図を知る。

「なぜ、私だとお思いに？」

「簡単なことだ。ギルベルトは一介の令嬢ごときの意のままに従うようには育てていない」

いっそう増した凄みに、ひゅっと息をのむ。

もしそのような事態が起こるとすれば、何か特別な理由があったときだということか。

強奪したサインに加えて、統計の授業にも同席してもらっているからね。

ギルベルト殿下が私への協力を惜しまないことで、疑いを強めたと。

殿下よかったね、陛下からの信頼めちゃくちゃ厚いよ。

今そのせいで私、ピンチですけどね⁉

「……殿下は、私の夢に賛同してくださっただけですわ。私にはどなたかの命を救うような力などございません。エレノア嬢がお助けになったと聞いております。疑う余地など」

「そのエレノア嬢が、自分ではないと言っているのだ」

なっ、なにぃ――っ！　エレノア嬢、誠実だな……！

いや、この王の前で十代女子が嘘なんてつけるわけないか。

不敬の上塗りに加えてここまで厚顔でいられるのは私くらいだわ。

申し訳なさすぎて隣が見られない。こんな娘でごめんあそばせ。

「今はまだ私の胸に秘めているが、いずれファルスの耳にも入ろう。将来を思えば、王太子妃の選定は早い方がいい」

……この口ぶりだと、エレノア嬢はまだ辞退してないってことだよね。

もし私だと認めたら、王太子妃確定……？

それでもって、身を引くヒロインと、行く手を阻む私の図式が完成しちゃうってわけ？

そんなのぜったい嫌、断固として拒否する！

「さようでございましたか。恐れながら陛下、それならば早く他をあたっていただいた方がよいかと」

ふむ、と考えるようなしぐさをとった陛下は、もう一つ爆弾を投下してきた。

「ファルスを救った方法は、誰も見たことのないものだったそうだ。我が国の医療を盤石にとのことだが、その方法を広めるつもりはないのか」

ぐぅ、と喉が鳴るのをなんとか抑え込む。

賢王の名は伊達じゃないわ、揺さぶりのかけ方が絶妙すぎる。

心肺蘇生法はヘネシー卿にお願いしようと思っていたけれど、陛下の采配で広めてもらえば、どこに頼むよりも早く一般化されるだろう。

この先予定している諸々だって、絶対に事が運びやすくなる。

私の心の平穏くらい安いものか……でもどこで学んだのかって絶対追及されるよね。

この王からの追及とか、私の胃がもつとは思えないのだが。

…………胃に穴が空いたら、この世界じゃ助からなくね？

「ギルベルトのことを、好いているのか」

「……へあ？」

突然の、それも思ってもみない方面の質問に奇声が出てしまった。

「し、失礼しました、ええと……」

慌ててとりなしてはみたけれど、この流れでなぜこの質問なんだ。

殿下のことは嫌いじゃないけれど、どちらかと言えば共犯者とか癒しの要素が強い。

本人に言うのも失礼だろうと思うのに、こんなの親に言うことか？

「ご、ご想像にお任せしますわ……」

「あいわかった。ちょうど中庭でギルベルトたちが何やら準備をしている頃合いだ。堅い話ばかりで疲れたろう、寄っていくといい。案内をつけよう」

何がわかったんだ、何の準備だと混乱している間に、陛下の指示で一人の騎士が現れた。

背は高いが顔立ちから察するに、歳は高校生くらいか。

黒地に銀糸の細工が施された騎士服がよく似合う、黒髪黒目の青年だ。

どこかで見たような気もするなあとぼんやり眺めていて、ハッとなる。

「…………ッ！」

馬車の事故のときに、親を呼びに行かせたあの青年だ！

なんとか声を出すことは免れたけれど、体の反応までは消しきれなかった。

この青年を呼んだのが私の反応を見るためだとすれば、今ので完全にバレたな……。

ちらりと視線を走らせた先で、陛下が笑いを堪えている。

「ロータス伯爵、貴殿の言う通りだ。一度会えばすべてわかる。なんとも素直なご令嬢だ」

ええ、ええ、そうでしょうとも。

陛下ほど賢ければ、今ので私の考えなんて丸わかりでしょうよ。

ここまで必死で隠し通してきたのに、退室時にバレるなんて悲しくなるわ。

「改めて礼を言おう。我が息子ファルスを救ってくれたこと、心から感謝している」

突然告げられた陛下の言葉に、動揺のあまり慌ててかぶりを振る。

「い、いえっ……」

「褒美として望むものがあれば用意しよう」

「褒美など……特に何もございませんわ……」

表沙汰にさえしないでいただけたら……っ!!

さすがにそれは、無理ですよね。もはやここまでか……。

「諦(あきら)めが早いのではないか。その望みであれば叶えようというのに」

抜けかけた魂(たましい)が、陛下の言葉で引(ひ)き戻(もど)される。

ん？　その望み、とは……？

「ファルスの本当の恩人であることを内密にしたいのであろう？」

今まさに考えていた通りの望みを告げられ、呟(つぶや)きでもしていたのかと目をしばたいた。

「何やら追及は避(さ)けたいようだ、詳細(しょうさい)は聞くまい。王太子妃にもファルスにも興味がないようだが、真相はどうあれファルスが選んだのはエレノア嬢だ。エレノア嬢には、二人の問題だと言い置いているから安心するといい。ギルベルトとのことは、そうだな、言葉通り想像に任せて楽しませてもらおうか。ギルベルトとともに取り組んでいる企画書が完成次第(しだい)、持ってくるといい。内容の如何(いかん)によっては我が名を刻むことを許そう。どうやら急ぎ必要なもののようだ、我が名は推進力となろう。だがまずは、ファルスを救った方法を騎士団と各病院に根づかせたい。して、期日を設けたいのだが、いつまでに準備が整うだろうか」

朗々と語られる陛下の言葉に唖然(あぜん)とするしかない。

先の騎士のことだけじゃなく、頭の中全部筒抜けってこと……？

「リーゼリット、家に帰ったらベルリッツにポーカーフェイスの特訓を頼もうか。そろそろ必要になる頃だ」

傍らのお父様は、娘がファルス殿下の命を救った話にもまったく驚く様子を見せない。

いったいいつから、どこまで把握していたんだ？

ニコニコと微笑むお父様もまた、食わせ者だったと。

うう……、その特訓ありがたき、ありがたき！


国王陛下との謁見を終え、さきほどの騎士に連れられて渡り廊下をてこてこ歩く。

ちなみにお父様は別件でお話があるとかで謁見の間で別れたため、私一人だ。

賢王は交渉手腕すらも完璧のようで、あれよあれよという間に騎士団への伝達期限を設けられてしまった。それも、ひと月以内というけっこうな無茶ぶりで。

期限内に終えれば報奨金以外で褒美をとのことだが、資金以外に何も浮かばない。

なにせ伝達はヘネシー卿に依頼する予定だし、実演を交えて行えるように心肺蘇生用の模型人形も作りたいのだ。予算は多いにこしたことはない。

ただ、勘当騒ぎからまだ日も浅く、多忙なヘネシー卿に頼めるかどうかもわからない。

模型人形だって、製作者のつてはあれど、今は領地にいるのだ。前世と違って密な連絡も取りづらいし、材料だって異なるだろう。

開発にも量産にも時間を要すことを思うと、期限内に間に合うのかどうか。

褒美の話しかされなかったけれど、間に合わなかった場合はどうなっちゃうんだろう。

か、考えたくない……。

いろんな意味で憔悴しきっていて、叶うことならもう家に帰ってしまいたいくらいだ。

案内役という名の見張りをつけられたので、そうもいかないのだけれど。

殿下たちが中庭で何か準備をしているらしいが、どのくらい歩くことになるのやら。

ふと視線をやった初春の庭は、色づいていて目にも楽しい。

ちょいブルー寄りになっていた私の心が穏やかにほぐれていくのがわかる。

さすが王城の回廊だわ。

行きは緊張と動揺で景色を楽しむ余裕すらなかったのもあって、まじまじと見てしまう。

「ロータス伯爵令嬢。次はこちらの角を曲がりますので」

後ろからの呼び声に振り返ると、行き過ぎた角の手前で騎士が私を待っている。

「失礼いたしました」

慌てて駆け戻り、頭一個半くらい上にある顔を見上げる。

きりりとした眉の男前だが、表情筋が死滅しているのかと思うくらい無表情だ。

「ここより先、花を眺めることは叶いません。しばしご覧になっていかれますか」

「ありがとうございます。十分ですわ」

心遣いは嬉しいが、十分癒された。

この方だって暇じゃないだろうし、時間を取らせるのも忍びない。

先を促す私をよそに、青年はすっと腰をかがめ、その場に跪いた。

「改めて私からも、お礼を申し上げたい。もうお気づきかと存じますが、私はあの日両殿下と共にいた者です。ファルス殿下をお助けくださり、深く感謝しております」

……こ、これはっ！　ご令嬢に跪く騎士の図……！

この所作、私からすれば立派な騎士にしか見えないんだけど、聞けばまだ騎士の一歩手前の、見習いみたいなものなんだとか。

クレイヴ・フォン・ベントレーと名乗ったこの青年は、正しくは従騎士に属するらしい。たしか、ベントレー公爵家は先の戦いで大きな戦果を上げた家柄だ。

憧れの光景に思わず感動に打ち震えてしまったが、長く跪かせたままというのはよろしくないだろう。

「お立ちになってくださいませ。そうかしこまらずともよいですわ。どうぞリーゼリットと」

令嬢らしく微笑みを浮かべ顔を上げさせると、黒曜石のような瞳とかち合う。

前世で生粋の日本人だった私にはなじみ深いものだ。

相変わらず表情はないものの、見れば見るほど精悍な顔立ちをしている。

……この青年なのか？

……乙女ゲームの攻略キャラに騎士がいたような。

「あれ。君は、たしかギルベルトの……」

記憶の箱を引っ張り出そうとしていたところで、背後からかけられた声に飛び上がる。

目の前のクレイヴ様が即座に立ち上がり、敬礼をしているのが視界の端に映った。

そりゃそうだろう。なぜかってそれは。

声の主が、私にとっての超鬼門だからだよ！

「ご機嫌麗しゅう。リーゼリット・フォン・ロータスでございます、ファルス殿下」

くるりと体を反転させ、恭しく淑女の礼をとると、殿下は楽にするようにとすぐに声をかけてくれた。

久々に相まみえるファルス殿下は包帯が取れたようで、ずいぶんと顔色も良く見える。

側にはエレノア嬢もいて、私を認めて目を輝かせている。

「リーゼリット様、お久しぶりです」

「エレノア様、ご無沙汰しております。お元気そうで何よりですわ」

「エ、エレノア様、エレノア嬢ー！　陛下の尋問、大変だったね！　私むちゃくちゃ怖かったよ……！

手を取り再会の喜びを分かち合いたいくらいだが、ご令嬢としてこれもよろしくないのかとぐっとこらえる。

いろいろ話したいことがあるのに、どこかで時間が取れないものか。

「ギルベルトに会いに来たのだね。きっと喜ぶだろう」

にこりと微笑むファルス殿下は白を基調とした礼服を身にまとい、一段とまばゆい王子様オーラを醸し出している。

「本日は陛下にお目通りの機会をいただき登城いたしましたの。今しがたご挨拶を終えまして、ギルベルト殿下のもとに向かえるよう取り計らっていただきました」

「そう、では謁見の間から？　それにしてはずいぶん……」

ふと言葉を切った殿下が、私からクレイヴ様へと視線を移す。

その視線を追うと、クレイヴ様は表情を変えることなく瞼を下ろした。

なんだろう、今のやりとり。

「ここまででいいよ、クレイヴ。あとは私が案内を引き継ごう」

えっ、別にこのままで十分なんですが。

むしろファルス殿下の案内はご勘弁願いたいくらいだ。

「いいえ、お二人のおじゃまになってもいけませんし」

慌ててかぶりを振るが、ファルス殿下はまったく聞き入れる様子を見せない。

「私たちは気にしないよ。そうだね、エレノア嬢」

「はい、殿下」

ふんわりと含みのない笑顔を見せるエレノア嬢とは異なり、ファルス殿下の笑みには有無を言わせない迫力がある。

しかも、気のせいかな……『私たちは』にアクセントがついていたような。

こんな調子で断れるはずもなく、敬礼で見送るクレイヴ様に小さく礼を返した。

エレノア嬢の隣に並ぶと、朗らかに迎えてくれる。

ここがおそらく一番の安全地帯だ。間違いない。

「殿下が手配してくださった気球に乗る予定ですの。ご一緒できるなんて嬉しいですわ」

き、気球?! 国王陛下が話していた準備ってこれのことか。

ひえ……王族のデートともなれば、上空にさえ飛び出してしまえるものなのか。

ふと背後に目を向けると、大きなポットを抱えた侍女がつき従っている。

布地でぐるぐると巻かれたあれも、何かの材料なのかな。

「あちらは紅茶ですわ。上空は肌寒いとお聞きし、温かい紅茶をご用意いたしましたの」

「まあ、素敵ですわ!」

リーゼリット様もよろしければご賞味ください、とはにかむ姿が本当に愛らしい。

エレノア嬢を挟んだ向こう側から、ファルス殿下の何か言いたげな視線を感じるけれど、下手を打って自分の身を危険にさらしたくはないため、そ知らぬふりで通す。

エレノア嬢と他愛ない会話を楽しみ、ほどなくして目的地と思わしき場所に辿り着いた。

さきほど見た花の回廊とは異なり、こちらの庭園では整えられた植木が幾何学模様を描いている。

　その奥の広場で、二十メートルはあろうかという大きな気球が、ゆっくりとその身を起こしていた。五、六人ほどの作業員がロープを張り、気球の布地――球皮――が膨らむのを助けているようだ。

　ギルベルト殿下の姿を木製のゴンドラ内に認める。殿下は私に気づくなり驚いた様子を見せ、ゴンドラの縁を飛び越え、こちらへと向かってきた。

「兄様。どちらでリーゼリット嬢と？」

「花の回廊で行き合ったんだ。父に呼ばれたらしい。案内役のクレイヴと共にここへ向かっていた」

「そうでしたか。……しかし、なぜまた花の回廊に」

「僕もあまりに遠回りをしているものだから、つい諫めてしまったよ。リーゼリット嬢も、弟の婚約者として誤解を招くような行動は慎んだ方がいい」

　念を押すように言うと、ファルス殿下はエレノア嬢とともに気球の方へと去っていった。

　なるほど、あのやりとりはそういう……。

　クレイヴ様が案内の途中で花の回廊に立ち寄ったのを咎めていたんだな。

　状況から察するに、落ち着いてお礼を言える場所に移動しただけだと思うんだけど。

　もしくは、陛下との謁見で私があまりにも憔悴していたから、慰めにと立ち寄ってくれたんでしょうに、ファルス殿下は事情をご存じないから。

「また何かやらかしたのか」

殿下はため息交じりに私を見やる。

ただお礼を言われただけよと答えようとして、ふと言葉に詰まった。

……まさか、攻略対象かと疑ってまじまじ見ていたのを、見つめ合っていたと思われていやしないよね？

「クレイヴ様に跪いてお礼を言われたものですから、つい惚けてしまったのですわ」

「その場を目撃されたというわけか。兄はあの日の記憶がまだ戻っていないからな、クレイヴがおまえに跪いていれば変に思うだろう。ごまかしたことで不審に思われたかもな」

呟かれた内容にぎょっとなる。

そりゃそうだわ。普通ならば私とクレイヴ様との接点なんてないわけだし、従騎士がご令嬢に跪いていたら誰だって何事かと思うだろう。盲点だったわ……。

「何か、フォローすべきでしょうか」

「安心しろ。おまえのこの数日のふるまいのせいで、兄は別の方向に疑念を抱いている」

……そ、それは、安心できることなのか。

「それで、陛下はどんな要件だったんだ」

「……確認と依頼、といったところでしょうか。何もかも、見事に全部筒抜けでしたわ」

疲労の滲む声でそう告げると、殿下はわずかに視線を落とした。

「……悪かったな。ついていてやれなくて」

なんと殊勝な。思わず目をしばたいていると、殿下はこちらへと身を寄せた。

「陛下は、あれを公にすると？」

「それはございません。ありがたくも、陛下の胸の内に秘めてくださることになりましたの。エレノア嬢も陛下にご自身ではないと打ち明けていたそうですが、二人の問題だからと内密にとりはかってくださいました」

そうかと相槌を打つ殿下を目の端に留める。

エレノア嬢に視線を移すと、ファルス殿下と一緒にゴンドラの装飾を眺め、穏やかな笑顔を見せていた。

「もしやこの件をエレノア嬢が気にしていらっしゃるのではと不安でしたが、ファルス殿下とも仲睦まじいご様子ですし、元気そうで安心しましたわ」

「そうか？　俺にはずいぶんと無理をしているように見えたが」

私は今このときしか知らないけれど、そんな日もあるのだろうか。

そしてそれを、ギルベルト殿下は感じ取っていると……。

「よく見ていらっしゃるのね」

「なんだ、気になるのか？」

……少しばかり咎めるような響きが入ってしまったのは認めよう。

殿下のからかうような様子に口を尖らせてしまうけど、気にならないわけがない。

原作小説の大前提はすでに崩れている上、主人公の中身は恋愛音痴の私なのだ。

乙女ゲームみたく、ギルベルト殿下がエレノア嬢に惚れ込むことだってあるだろう。

そうしたら、私はいったいどうなるのって思うじゃない？

問いには答えず、恨みがましげな視線を返すだけにとどめる。

殿下は、私が反発すると思っていたのだろう。面食らったような顔を見せた後、視線を泳がせ、頬をうっすらと染めただけで何も言わず足早にゴンドラへと向かっていった。

その一連の様子をばっちり見てしまった私は――

「て、照れるくらいなら言わないでよ……」

緩んでしまった口元を引きしめるのに、ずいぶんと時間を要したのだった。

話し込んでいるうちに球皮はどうやら膨らみきったらしい。殿下たちは作業員とともにロープやゴンドラの強度、バーナーの出力と操作感を入念にチェックしている。

見上げれば、無数のロープが球皮の中で複雑に張り巡らされているのがわかる。

球皮の排気弁につながっているロープを引くか、バーナーの火力を変えることで高度の調節ができるという。

あとは風まかせに、郊外まで進む旅程なんだとか。

操作、してみたい……！　頼めばちょっとくらいは触らせてもらえるかしら。

目を輝かせてギルベルト殿下を見やると、私の考えなんてお見通しだとばかりにため息をつかれてしまった。

「はあ……まあ、こういう令嬢だと思わせた方が、話が早いか」

「何の話ですの？」

「こっちの話だ。操縦したいんだろう、気流が安定したあたりで俺から話をふってやる」

なんと寛容な婚約者か。

向けられた掌に手を重ね、手を引かれながらゴンドラの縁に設置された階段を上がる。

中に入るなり、感嘆のため息が漏れた。

例えるなら遊園地にあるコーヒーカップだろうか。それも、豪華絢爛な。

出入口こそついていないが、ゴンドラ内はぐるりとソファになっていて、階段下には備えつけのチェストが、中央にはティーテーブルまでついている。

ゴンドラの壁板の高さは立ったときの肩ほどだが、座ったままでも外が見渡せるよう、四方に小窓が開けられているようだ。

中は思ったより広く、すでにファルス殿下とエレノア嬢が座っているというのに、まだ十分なスペースがある。

これが、気球……？

私の見知ったものとは、遊覧ヘリと自家用セスナくらい豪奢ぶりに差があるぞ。

目をまん丸にしながらもどうにか腰を落ち着けると、操縦士が拳を高く掲げて回した。

どうやらそれが合図だったようで、ゴンドラをつなぎとめていたロープが外され、体が浮遊感に包まれる。

バーナーがごうと唸るたびに徐々に高度を増し、窓から見える地面が遠のいていく。

小窓から顔を出すと、庭園が角度を変え、整然とした美しさを見せた。

さきほど通った花の回廊に、馬車の行き交う正門と、見知った場所を捉えて嬉しくなる。

あれは鍛錬場だろうか、騎士たちが剣を交える様子を眼下に臨む。

王城をぐるりと囲む木々の向こうには、煉瓦と石膏でできた街並み。

街の奥をゆったりと川が流れ、汽車が黒煙を長く伸ばしている。

「あまり身を乗り出すな。見ているだけで胆が冷える」

袖口をくいと引かれ、居住まいを正す。

つい、車窓にへばりつく子どもと化していたわ。

向かいではファルス殿下とエレノア嬢が仲良く小窓を覗いている。

皆めいめいに窓からの景色を楽しんでいるのに、ギルベルト殿下は片手でテーブルの端を摑み、中央を見つめたまま微動だにしない。

気球に乗り慣れているというよりは、むしろ逆のような。高いところが苦手なのか？

「お顔が青いようですが、酔ってらっしゃいます？」

前髪を掬い上げて顔を覗き込むと、殿下はぐんと顔をそらした。

「べ、つに、ただまあ少し……浮遊感に慣れないだけだ」

つまり酔っているわけでも、高所が怖いわけでもないと。そう言い張るわけですね？

「まあ。横になれば少し落ち着かれるかしら。お膝でよろしければお貸ししますわ」

「なっ、だ、誰が……っ」

「何を今さら。この間だってお使いになったでしょう？」

「……は?!　この、バカ……っ、違いますよ兄様、これは」

殿下はぎょっとしたように私とファルス殿下たちとを見比べ、青くなったり赤くなったりしている。

この前は自分からねだっておいて、バカとはひどい言い草じゃない？

「ギルベルトの意外な一面を見たな。私たちに構わず申し出に甘えるといい」

「いいえ、そのようなこと」

かしこまるギルベルト殿下に、向かいからくすくすと小さな笑みが漏れる。

「こちら、ジンジャーレモンティーですの。温まりますし、乗り物酔いにも効きますわ」

なんと。この状況をも見越して用意されたのか。さすがヒロイン。

ふるまわれた紅茶をちびちびと舐める殿下の隣で、私もご相伴にあずかる。

しょうがのぴりりとした風味にレモングラスが加わり、爽やかで癖がない。

「こちら、とても飲みやすいですわ。エレノア様がお作りに？」

「はい。小さな頃から修道院に通っておりましたの。薬草の知識を取り入れてはおります
が、お恥ずかしながら少しかじった程度ですわ」

なるほど、修道院といえばこの世界での医療に欠かせない存在だ。

エレノア嬢はその道からの参戦になるのか。

「謙遜がすぎるよ。この傷もエレノア嬢の薬でずいぶんと良くなったというのに」

そう言ってファルス殿下が自身の額に触れる。

傍らへと向ける瞳は柔らかく、それを受けてエレノア嬢の頬が桃色に染まっていく。

何人も立ち入ることは許されぬ、二人だけの世界。

操縦士が同乗しているとはいえ、私が来なければこの中にたった一人で加わろうとして
いたのか……勇者だな、ギルベルト殿下よ。

「……兄様、リーゼリット嬢は事情に明るくないのでは？」

突然こちらに話がふられ、カップの中身を零しそうになってしまった。

で、殿下〜〜っ！

いらない気遣いだよ、元気になったなら私と外でも見ていよう⁇

「ああ、これは失礼を。配慮に欠けていたね」

私のことはお構いなくとは言えるはずもなく、瞬きで返すしかない。

「少し前に、命を落としかけたことがあってね、これはそのときの傷なんだ。その際にエレノア嬢が救ってくださったんだよ」

「まあ……そのようなことが」

「誰も見たことのない手法だったそうで、医者たちも驚いていたよ。その場にいた大人たちを指揮して、自らの貞淑も顧みず私に息を吹き込んでくれたのだという。それなのに、名乗らず立ち去ろうとされた。勇敢で優秀な上に、慎ましくて素敵だろう？」

「まあ、素敵ですわね……」

も、ものすごく身に覚えのあるお話なんですが……そんな美談だったかな。

「どうにか見つけ出したくてギルベルトに髪飾りを贈るよう頼み、茶会を開いて。その後はリーゼリット嬢もよく知っているね。エレノア嬢は僕が無事でほっとして名乗り出てくれたそうだよ」

「そうだったのですか〜」

流れ出る冷や汗に、相槌を打つことしかできぬ。

ファルス殿下からしてみれば、婚約者自慢でしかないのだろうけど、これでは……。

ちらりと目をやれば、エレノア嬢の表情がみるみる翳っていく。

で、ですよね。自分がしたことでもないのに、こんな風に持ち上げられればきつかろう。

しかも、この分だと他の人の前でも言ってそうだ。

ギルベルト殿下の言っていた『無理をしている』って、こういうことか。

わざわざ話をふったのは、さっき私がやきもちを妬いたと思い、現状を理解させて安心させようとしたのか？

それならば、ちゃんと助け船も用意しているんだよね？

そうだと言ってくれ、とばかりに念を込めた視線を送るが、ギルベルト殿下は我関せずといった具合で、楽しげに話すファルス殿下に相槌を打っている。

こいつううっ、エレノア嬢という可憐なご令嬢が困っているというのに……っ！

どうやってこの話題を切り上げようかと思案していると、突然ゴンドラが大きく揺れた。

テーブルの上のカップが倒れ、テーブルクロスを赤く染める。

「きゃあっ」

「何事だ」

「も、申し訳ございません。鳥か何かがぶつかったようで……」

操縦士が青い顔で見上げる先。球皮の一部に穴が空き、そこから空気が漏れている。

「逆側のフリップを開け、水平を保つように試みます。ですが、舵取りは厳しく……」

つまり、破れた風船みたく、しぼんでいくということか。

高度が下がることはあっても、上がることは望めない。

『墜落』という文字が頭に浮かび、一気に血の気が引いた。

この下に水場があれば、あるいは。

そう思い、外を確認しようと端に寄ると、同じことを考えたのだろう。

いち早く外を覗き込んでいたファルス殿下がエレノア嬢を引き寄せた。

「木にぶつかる！　姿勢を低く、何かに掴まれ！」

ギルベルト殿下が即座に反応し、私を片腕に抱えて倒れ込むようにその場に伏せた。

一拍おいて、体に衝撃が走る。

木々の間をゴンドラが引きずられ、枝葉が舞った。

床を転がる茶器と、茶器同士が合わさり割れる音。上がる悲鳴。

揺れのたびに小さく体が浮き上がり、いつ外に放り出されるかと怖くなる。

目の前の体だけが頼りで、ぎゅうとしがみつけば、その分強い力で返される。

私を包むその腕が絶対に助けると示しているようで、殿下の存在を頼もしく感じた。

どのくらいそうしていたのか、ようやくゴンドラの動きが止まる。

辺りを枝葉に囲まれ、軋むような揺れが続いていることから察するに、木の幹にでも引っかかっているのだろう。

まだ宙に浮いた状態ではあるものの、枝葉がクッションとなり落下の衝撃が最小限ですんだとみえる。見回せば誰一人欠けておらず、大きな怪我もなさそうだ。

私にかぶさっていた殿下も皆の無事を確かめ、ほうと一息つくのがわかった。

「殿下、ありがとうございます」

「っ、大事ないか」

緊張にこわばる腕を解くと、すぐに身を起こし気遣ってくれる。

「無事ですわ。殿下も？」

アッシュブロンドの髪についていた葉を払い安堵に微笑むと、殿下は照れが一気に来たのか、弾かれたように飛びのいた。

「と、とりあえずここを出るぞ。まずは高さの確認を……」

小窓から下を覗き込む横顔は赤く、動揺からか床に転がるカップに躓いてすらいる。

かばってくれたときは頼もしく感じたのに、この格好のつかない感じとかわいらしさが、殿下が残念なイケメンたる所以だ。

墜落を免れたことに加え、殿下の様子もあってほっこりしていたのだが。

燻されるような臭いと、ぱちぱちと爆ぜる音に背筋が凍る。

バーナーの火が、球皮に燃え移っていたのだ。ひしゃげた球皮が木々に覆いかぶさり、たちまちのうちにゴンドラの上部は生木の燃える煙と熱に包まれた。

出入口はゴンドラの上部だ。壁面に開いた小窓はとても脱出できる大きさではない。

ゴンドラ内に閉じ込められ、ぞっとした思いで頭上に立ち込める煙を見上げる。

このまま燻され続ければどうなってしまうのか……。

バキリと木の軋む音に振り返れば、殿下たちが懐から取り出した短剣を壁に突き立て、ゴンドラの壁板を剝がしにかかっていた。

頑丈な造りだが、浮いた箇所からてこの原理で外しているようだ。

力を入れるたびにゴンドラが軋み、大きく揺れる。

その傍らでは、操縦士がロープで即席の命綱を作っているようだ。

呆然としている場合じゃないわ。

無事に脱出できたとしても、気道熱傷にでもなれば対処のしようがなくなる。

今ここで、防止策をとらなければ。

「皆様、姿勢を低くして、煙を吸い込まないよう」

紅茶で濡れたテーブルクロスに、床に転がっていたポットの残りをぶちまける。

布地に歯を立てて裂き、五つの帯状にして、そのうちの二枚をエレノア嬢に差し出した。

「手分けして鼻と口を覆いましょう。まずはご自身に巻き、一枚をファルス殿下に」

エレノア嬢は震える手で受け取ってはくれたが、すくんで動けなくなっている。

立て続けに怖い目に遭ったのだ、無理もない。

酷だとは思うが、人手はいくらあっても足りないのだ。しっかりしてくれ。

「皆が生還するために必要ですの。私一人では対処が遅れてしまいます。お力を貸してくださいまし」

「は、はい……っ」

エレノア嬢は気丈にも滲んだ涙をぬぐい、ファルス殿下の背後へと駆け寄る。

そうして二人で全員の鼻口を覆うように巻きつけていった。

ほどなくして殿下たちの開けた穴は、人が一人通れるほどの大きさにまで広げられた。

地面までは三メートル弱といったところか。

足がかりもなく、飛び降りるには躊躇してしまう高さだ。

操縦士がゴンドラの引っかかっている木の幹に命綱の片側を結わえると、ギルベルト殿下はファルス殿下の腰元に命綱を巻きつけ始めた。

「何をしている、ご令嬢方を先に」

巻かれる傍から解こうとするファルス殿下の手を、ギルベルト殿下が阻む。

「下で支える者が必要です」

「それならば私でなくとも」

「兄様を失って、この国はどうなります……！」

なおも言い募ろうとするファルス殿下だが、時間も煙も待ってはくれない。

「言い争っている猶予はありませんわ。お早く」

ファルス殿下は私の横入りに苦い表情を見せたが、ギルベルト殿下の手を借りて下へと降りていった。

次はエレノア嬢をと振り返ったが、なぜか殿下が私の腰にロープを巻き始めている。

いやいや、何をしているの。エレノア嬢はヒロインだよ、未来の王妃だよ？

エレノア嬢をさしおいて私が先に避難するのはおかしいでしょうが。

「でん……」

「おまえが先だ」

手を止めることなく頑として譲らないギルベルト殿下に、先の自分の言葉が頭を掠める。

ヒロインより先んじていいのかと迷いはするも、言い争っている暇はないのだ。

幸いにも煙は上空へと昇っているが、いつ風向きが変わり、ゴンドラ内まで及ぶかもしれない。行動が早ければ早いほど、全員が助かる見込みが増える。

「エレノア様、……心苦しいですが」

ゴンドラ内に残されて不安だろうに、エレノア嬢は健気にも頷いてみせた。

「私は大丈夫ですわ、お早く」

ファルス殿下に下から支えられながらゴンドラから降りる。

命綱を戻すと、すぐにエレノア嬢も下りてきた。

ギルベルト殿下は操縦士を下ろした後、命綱も巻かずに飛び降りてくる。

え、と思う間もなく、傍の地面に着地すると、ぐいと肩を抱かれた。

「すぐにここを離れる。はぐれるなよ」

ギルベルト殿下の先導で煙から逃れて木々の間を走り、開けた場所まで出る。

殿下は皆が揃っていることを目で確認してからこちらへと向き直った。

「リーゼリット、どこにも怪我はないか」

殿下が私の顔布をほどき、わずかな傷さえも見逃すまいとするのを正面から見据える。

「ええ。殿下こそ。一番長く上にいらしたでしょう」

殿下の鼻口を覆う布を下ろして両手で頰を挟み、見分しやすいように固定した。

どこを見るかって？　もちろん、鼻の穴よ。

「お、っおい、何を」

恥ずかしいのか、すぐに離れようとする顔を追って身を寄せる。

「っバカ、離れろ……っ」

「では動かないでいただけます？」

密着を避けるためか、肩口に手を当てて突っぱねてくるため、無駄に力がいる。

顔の前を手で覆われないだけ、まだましか。

「……っ、み、皆が見ている、だろう……」

奇行に見えることくらい承知の上よ。だから何だというのだ。

すす、なし。鼻毛のこげつき、なし。よし!!

確認を終え、今度は殿下から良く見えるように、くいと顎をそらした。

「殿下、私の鼻の中も見てくださる？」

「はっ、はあ？」

「すすがついていないか、鼻毛が焦げていないかですわ。お早く！」

「⁇⁇⁇　…………っ、な……ないが」

よし！

困惑まっただ中の殿下から手を離し、今度は近くにいた操縦士の顔を固定し覗き込む。

「な、何をなさいます、ご令嬢ーっ⁈」

「おいぃっ」

操縦士はおろか、背後でも何やらわめいているが、今は構っていられない。

おっかなびっくり顔のエレノア嬢とファルス殿下の鼻も順に覗き込み、全員に気道熱傷の兆候がないことを確認した。

はあ、まったくやれやれだ。

あとは、喉がひゅうひゅう言い始めないことを祈るのみだな。

喉のやけどによる気道狭窄で息ができなくなっても、私では何もできない。

ファルス殿下から手を離そうとして、顔に当てていた両手がぬるりと滑る。

走った後の汗にしては量が多い。

よく見れば殿下は息をつめ、何かに耐えるように自分の体を抱えている。

「どこかお怪我を？」

「いや、これは……」

言い淀んではいるが、額にも汗が滲み、無事でないことは明白だ。

「……っ、失礼します」

一声断ってから殿下のジャケットに手をかける。

「リ、っ……リーゼリット嬢……っ」

制止も聞かずに剝ぎ取る勢いで脱がすと、胸に大きな布が当てられているのが見えた。

軟膏を塗布されていると思わしきその布に収まりきらなかったのだろう。

布の周囲には青や紫、黄色をしたまだら模様の内出血痕が広がっていた。

「……見苦しいものを」

痛々しいが、色から見るにこれは新しいものではない。

原因は思い当たる。胸骨圧迫をしたときに肋骨が何本か折れたのだ。

薬は塗られているようだが、折れた骨がそのままでは響いて痛かろう。

何かで締め上げるように胸部を固定できれば。……上からロープを巻きつけるか？

でも、胸部全体を固定するには弱いし、締める力を分散させないと逆に痛めてしまう。

テーブルクロスもマスク代わりに引き裂いてしまったし……。

他に手ごろな布はと視線を巡らせ、今日の装いに行き当たる。

ちょうどいいものがあったわ。長さも幅も、強度も十分。

ドレスの腰元を飾る幅広リボンをほどき、しゅるりと外す。

ファルス殿下がぎょっとした様子を見せるが、それには構わず、胸周りへ渡してきつめに巻き、両端を結ぶ。手ごろな大きさの枝を結び目に通し、万力の要領で締め上げた。

「苦しくはありませんか」

「いや、大丈夫だ」

深く呼吸をするのに問題がないようなら、締めつけ具合はこのくらいでいいか。

殿下の短剣でリボンに小さな切れ込みを入れ、そこに枝の両端を通して固定する。

多少穴が広がりはすれど、生地がしっかりしているため裂けてくることはないだろう。

枝の先が直接肌に触れないよう位置を調整して仕上げれば、簡易バストバンドの完成だ。

「急ごしらえではありますが、これで少しは痛みが和らぐかと」

「息をするだけで痛みが走っていたのに、今は楽に息ができる。この顔の布も、なければ今頃は咳き込み苦しんでいたことだろう。感謝する、リーゼリット嬢」

顔の布は気道熱傷防止だったんだけど……咳も防げたなら、なおのことよかったわ。

「お役に立てたのでしたら光栄ですわ」

肋骨骨折の方は、そもそも私が石畳の上で胸骨圧迫を強行したからであって。

素人さんいらっしゃい状態だったし。礼を言われるようなことではない。

むしろ真実を告げられずにごめんね、との言葉をごくんと飲み込んだ。

さて。幸い誰にも怪我はなかったものの、もうもうと煙を上げる木々をどうしたものか。

私たちが着陸したのは、王城を囲う木々の中でも街にほど近い場所だったらしい。

火事に気づいた誰かが呼んでくれたのか、消防馬車が放水を始めている。

騒ぎを聞きつけ、野次馬も集まり始めたようだ。

火事現場は民家から距離があるとはいえ、……これは大問題だな。

どこからどう見ても王家御用達な、豪華な気球。

明らかに王子としか思えない格好の二人に、華やかな装いのご令嬢。

女連れで優雅に遊んでいて火事騒ぎを起こしましたなんて、相当やばい部類のゴシップなのではなかろうか。

「王子が……」

「あれが噂の……」

こちらを見てひそひそと話している人たちの声が漏れ聞こえる。

ひええ、視線が痛い……、肩身が狭い……。

どうしようね、これ。また陛下の呼び出し案件ですかね……。

「すまないが、後を頼めるかな」

ファルス殿下は操縦士にひと声かけると、ギルベルト殿下の背に手を置いた。

弾かれたようにファルス殿下を振り返り、私を見やったギルベルト殿下は、なぜか今日見た中で一番ひどい顔色をしていた。

緊急時とは思えぬほどの落ち着いた対応。言葉一つで周囲を動かす力まで見せた。

突拍子もない行動には驚かされるが、兄の命を救ったばかりか、やっかいだった胸の痛みすら難なく取り去ってしまった。

確信する。やはり、こいつをおいて王太子妃の器はいない。

煙を見上げるリーゼリットとは対照的に、エレノア嬢は暗い表情で俯いている。

あの様子では、こいつが兄を救った本当の令嬢だと気づいたな。

まともな神経をしていれば自分から身を引く。

これでようやく、自然な形で兄からエレノア嬢を離すことができる。

リーゼリットもこれから兄の人となりを知っていけば、あるべきところに納まるだろう。

あとは兄が気づきさえすれば——俺はこの役目を終えられる。

幸せそうに兄の隣に並び立ち、祝福の声を一身に受けるリーゼリットの姿を浮かべ、知らず眉根が寄る。

まっすぐに俺を見る曇りのない瞳。心を許した者に見せる穏やかな笑み。

照れてみせたり口を尖らせてみたりと、くるくる変わる豊かな表情。

俺を呼ぶ声が、耳に蘇って……。

「あれが噂の、忌まわしき赤の王子か」

無遠慮な言葉に、ひくりと指先が揺れた。

忌避と奇異の目が圧をもって俺の身を包むのがわかる。

優しい兄が、その目に怒りを滲ませるのも。

いつのまにか野次馬が集まっていたらしい。これだけの騒ぎだ、当然か。

今の言葉はリーゼリットの耳にも届いただろうか。

あれだけ屈託なく関わってきたのだ、あいつはきっと何も知らない。

俺を見る目が翳ってほしくはなかったが、いつかは知れることだ。避けては通れない。

ちりりと痛む胸には気づかぬふりをした。

ヘネシー夫妻から、以前の比でないくらいの歓迎を受ける。

出された茶葉は一級品だし、茶器もとびきり上客用のものだ。

お茶請けは王都で評判のやつじゃないかな。並んでも買えないとかいう超レアものの。

勘当騒動以来、約一週間ぶりのヘネシー邸訪問なのだが、一度は家庭をぶち壊しかけた元凶だというのに、こんな厚遇でいいのかって引くぐらいの歓待ぶりだ。

「息子どももご迷惑をおかけしまして。お屋敷にもご挨拶に伺おうと思っておりましたが、それも叶わずたいへん失礼を。お父様もさぞ呆れておいでだったでしょう」

「いいえ。セドリック様には滞在中にたっぷりと語学を教えていただきましたので、お礼申し上げたいくらいですの。父はこちらのご家庭にいらぬ不和を生じさせてしまった娘を嘆いているだけですから、どうかお気になさらず」

日頃の行いのせいだろう、娘への信頼が著しく欠如しているのだ。

悲しいことにこればかりはどうにもならない。

「なんと、これは一刻も早く信頼を取り戻していただかねばなりませんな。折りを見て伺いましょう」

「不和を生じさせたなどとおっしゃらないで。もともとあったひびが露呈したにすぎませんわ。リーゼリット嬢が息子の進路に、専門医の道を示してくださったとか。おかげで人が変わったように勉学にいそしんでおりますのよ」

感謝申し上げたいことばかりだと言葉を紡ぐヘネシー夫妻にほっと息をつく。

セドリック様の帰宅後も、家庭内がぎくしゃくしたままだったらと心配だったのだ。

「セドリック様は今も勉学中ですか？」

「研究室に入り浸っておりますよ。リーゼリット嬢がお見えになる時間は伝えてあったのですが。ご依頼の病院探しの件、先に始めてしまいましょう」

そう言って提示された資料には、王都内の同規模の病院が五つ挙げられている。

想像よりも多い上に、各病院の総病床数、医師数、扱う疾患と、実に子細なものだ。

「このような素晴らしい資料に協力要請まで。ご尽力、感謝申し上げますわ」

「条件が一つございまして。監修として私を加えていただきたいのです。たいへん興味深い検証ではあるのですが、実績のないご令嬢の名前ではとの意見がございまして」

「願ってもないことですわ。すでにたくさんご相談に乗っていただいておりますし、ヘネシー卿がよろしければこちらからお願いしたいくらいでしたもの」

ありがたいことだが、当初考えていたもの以上にそうそうたる顔ぶれの効果実証になってきたな。

自国医療の第一人者に、政治算術の先駆者。その上、陛下か殿下のお墨付きとは。

この失敗が許されない感じ……私の胃よ、もってくれよ。

他にも、患者情報の取得許可に、病棟日誌の閲覧、退院後のカルテ保管の有無を確認し、紅茶で一息ついた。お茶菓子のギモーヴがしゅわりと溶けて、優しい甘さが広がる。

聞き漏らしていることはなかったよね、と頭の中を整理していると、向かいでヘネシー夫人が顎に手を当て何やら考え込んでいる。

「何か気になることがございましたか？」

「いえ、リーゼリット嬢の発想が、まるで病院に勤めていたことがおありのように思いましたの」

うっ……夫人、鋭いな。

「……家庭教師が、医療統計にお詳しい先生なのですわ」

笑顔で返してはみたものの、私の表情筋はちゃんと仕事してくれているのだろうか。

城からの帰宅後、執事長のベルリッツがポーカーフェイスをレクチャーしてくれたのだ。

なんとかなっていると思いたい。

ここが小説の世界だとか、前世でいうところの数百年前にあたる生活様式だとかを、主人公が周りに打ち明けていたかどうかはもう記憶の彼方だ。

信頼関係を築いた上で話せば受け入れてもらえるのかもしれないけど、それはきっと今ではない。

忘れてはならないのは、医療に関してもそれ以外でも、私にわかるのは全体のうちのごく一部だってことだ。

前世ではこうだった、こんな便利なものがあるとわかっていても、そこに至った経緯だとか、再現するために必要な材料はわからない。

こんな状態で全知全能のように祭り上げられれば、弊害の方が多いだろう。

理想は陰ながらの支援だが、私の性格と手際の悪さからどう転ぶのか予想がつかない。

大きく息を吸い込み、細く長く吐く。

そうは言っても、前には進まねば。

「それからもう一つ、ヘネシー卿にお願いしたいことがございますの」

テーブルに滑らせたのは、心肺蘇生の手法だ。絵つきで順を追って書かれている。

「何も聞かず、こちらの方法を各病院と王城に伝達していただきたいのです」

「これは……」

目をしばたき言葉を切るヘネシー卿の反応に、思わず視線を落とす。

「陛下の要請なのですが、私の身ではいろいろと問題が生じましょう。たとえ王命であっ

たとしても伝達される側の抵抗感は強く、定着には時間を要します。ヘネシー卿であれば
そうした心配はございませんわ」
膝の上で握りしめた指先が、緊張のためかひどく冷たい。
無理を言っていることはわかっている。何も言わせず、要望だけを通すなど。
「……少し前に、ある医者が奇跡の御業を見たと話題になったことがあります。その医者
も直接見たわけではないようでしたが、一人のご令嬢が周りの大人たちを巻き込み、さる
お方を救ったと」
ヘネシー卿は、『呼吸および心拍が止まった場合の蘇生法』と書かれた表題を指でゆっ
くりと辿る。
「あなたは本当に…………いや、何も聞かないという話でしたな。請け負いましょう」
恐る恐る見上げた先の表情は柔らかく、その口元は弧を描いていた。
緊張がほどけた様子を感じ取ったのだろう。ヘネシー卿が安心させるように目を細める。
「この家は全面的にあなたを支援いたしますよ。困ったことがあればいつでも相談に乗り
ましょう」
「ヘネシー卿、心から感謝いたしますわ」
その後ヘネシー卿は仕事のために退室され、しばらく夫人と和やかに話した。
夫人も私の想いを察してくださったのか、つっこんで尋ねるようなことはしない。

ご夫婦共になんて素敵な方なのだろう。

悲しい顔をさせたままにならずにすんで胸を撫で下ろす。

あとは親子間のわだかまりが消えたことを確認したいのだが、セドリック様はなかなか姿を見せない。夫人も息子の様子が気になったのか、ふうとため息を零した。

「セドリックったら、遅いわね。リーゼリット嬢、よろしければ様子を見に行ってくださらない？」


初めて立ち入る半地下の研究室は、日当たりが悪いためか昼間にもかかわらず薄暗い。

大きなデスクの上にはたくさんの本や書きつけの紙束が置かれ、小窓の傍の作業台にはレトロな顕微鏡が鎮座している。

棚には色付きの瓶が所狭しと並び、実験器具が丁寧に保管されているようだ。

保温器と思われるガラス容器の中には、得体の知れない液体が詰まった試験管がいくつも並んでいる。

セドリック様はこちらに背を向けて書き物をしていて、ノックの音にも扉の音にも気づく様子はないようだった。ふうと一つため息をつき、頭を抱えるかのように髪をくしゃりと乱す。その口元にマスクの類は見受けられない。

こらこら、仮にも微生物学を志そうという者が。布の一つでも巻きなされ。

傍まで寄って机の端をこづくと、顔を上げたセドリック様が驚いたように瞬きをした。

勉学に打ち込みすぎているのだろうか。目元にはうっすらと隈が見える。

「ずいぶんとお疲れのようにお見受けしますわ。根をつめすぎでは？」

「……思うように進まなくてね。ペニシリンのもととなるアオカビだけを培養したいのに、どうしても他が混じる」

セドリック様は保温器から一つ、綿栓の施された試験管を取り出し、私に示した。

緑とも茶色ともつかない液体に何種類かの菌が混在しているのか、一見しただけでは判別もつきそうにない。

「作業はどのようにされていますの？」

「温めた肉のスープを濾したものを、煮沸した試験管に注いでいるよ。スープが冷めたら白金耳の先端をバーナーで炙って、アオカビを掬い取って移してる」

そうやって新たな試験管に継ぎ替え、培養を繰り返しているようだ。

白金耳はこれだよと、先端が円になっている針金に柄がついた器具を取り出し、実際に炙る様子を見せてくれる。

加熱処理はされているようだけど、清潔操作が伴っていなければ効果はない。

クリーンベンチ――埃や菌を退ける機能のついた作業台――なんてものはないし、それに準ずる工夫もない、か。

「話せば飛沫も飛びますし、空気中に漂っている菌の混入も防がなければなりませんわ」

飛沫対策は顔に布でも巻いてもらうとして、問題はクリーンベンチの代わりだな。

電気自体が存在しない世界で、埃や菌が試験管内に入り込まないようにするには……。

思い起こされるのは、先日見たばかりの気球だ。

ようは、手元を陽圧にすれば——つまり、空気を押し出せればいいのよね？

「バーナーの熱で温められた空気は上に向かいますわ。その原理を利用して、空気中の菌を遠ざけるよう工夫してみてはいかがかしら。たとえば周囲をガラスで囲うなどして、空気の流れを一方向にするのですわ」

気球の一件はとんでもない恐怖体験になってしまったけれど、役に立ってくれるなら無駄ではなかったと思える。

この私をして、すっ転んでもひっくり返ったままだと思うなかれ、だ。

セドリック様とマスク代わりの布や簡易陽圧器の相談をし、ひと心地ついて視線を上げる。明かり取りの小窓から、青々と茂る新緑の奥に光る水面が見えた。

「気になる？　そこの扉から外に出られるよ。……散策したいなら案内するけど」

「お疲れでは？」

「だからでしょ。テニスにつきあったんだから、僕の気晴らしにもつきあいなよ」

それならばと外に出て、大きく伸びをする。天気もいいし、散策日和ね。

ヘネシー邸は、郊外に建てられたデタッチド・ヴィラと呼ばれる高級一軒家だ。

大通りに面したロータス家のタウンハウスとは異なり、庭は広く、周囲を囲うように花木が植わっている。屋敷の玄関口たる正面こそ色鮮やかな花々が美しかったが、側面に回るとぐっと緑が目立つ。

「君は薬草にも詳しいの？」

「実はあまり。領地ではもっぱら食用しか育てておりませんでしたので」

口ぶりから察するに、ここから先はすべて薬草なのだろう。

「奥の木はエルダー。花に実、幹や根まで使える、万能の薬箱ってやつ。あとふた月もすれば白い花が咲くよ」

万能の薬箱という響きに反応した私に、隣から丁寧な解説が返ってくる。

「花は歯痛や風邪、毒下しに。実は疲労回復や美肌。幹や根は打撲に湿布薬として使ったり傷に直接塗ったりするかな」

何それすごい。めちゃくちゃ使える木だな、エルダー。

「黄色い花はカレンデュラ。その隣ののこぎりみたいな葉のヤロウと同じで、傷薬によく使われる。青紫色の花を咲かせてるのは矢車菊。疲れ目や口臭予防になる。こっちは呼吸器系や消化器系に効果があるアニスと甘草。どっちも開花は夏だから、まだ先だね」

すらすらと出てくる解説に感嘆させられる。

疎すぎて何一つ知らないのだが、私はこの先、この国でやっていけるのだろうか。

しかも、花が咲いていないとその辺に生えている雑草と見分けられる気がしない。

せめて花……花を見れば私でもなんとか……いや、花があっても厳しいか？

私が難しい顔でリコリスを眺めているのを、セドリック様も見かねたのだろう。

「花が咲けば庭の雰囲気も変わるだろうから、……そのとき、また案内してあげる」

最初の取り付く島もなかった頃を思うと、丸くなったなあ。

感慨深いものを覚えてセドリック様の顔をしげしげと眺める。

「……何」

「楽しみにしておりますわ。今のままでは見分けが難しくて」

短い問いかけに笑顔で返すと、肩を落とすほどの盛大なため息をつかれてしまった。

いやいや、誰もが皆、セドリック様のように覚えがいいわけじゃないんだぞ。

さらに奥へと進むと、ちょうど屋敷の裏手にあたる位置に池が広がっていた。

水面には丸みのある葉が浮かび、その隙間を埋めるように周囲の木々を写し取り、幻想的な風景を作り上げている。小窓から見えていたのはこれだったのか。

「蓮だよ、君の家名と同じ。綺麗な水だと小さな花にしかならないのに、泥水が濃いほど大輪の花を咲かせるんだ。君にぴったりじゃない？　無駄に逞しいところとか」

「……それは褒め言葉ととっていいのよね？」

お好きに、と返すセドリック様に、私は一度頬を膨らませてからすぐに噴き出した。

「お元気そうで安心しましたわ。憎まれ口のないセドリック様なんて気味が悪いもの」

「……何それ」

しかめ面の目元に残る隈を、ずいと乗り出してまじまじと見やる。

「ちゃんと眠れています？」

「っ、まあ、ほどほどには」

「それならばいいですけれど、あまり無理はされませんよう。体を壊しては元も子もないですもの。十年もの間、どなたも成功させていないのでしょう？　そうすぐにうまくいくものでもございませんわ」

私の言葉に、セドリック様はしかめ面を深くし眼鏡を直す。

目標が定まり夢中になっているのか、早く結果を出したいとの焦りもあるのか。

もっと手伝えたらいいけれど、私に培養に関する専門知識はない。

他にできることと言えば、ヒロインを呼ぶくらいか。

乙女ゲーム内では、エレノア嬢とセドリック様がペニシリンを製造していた設定なのだ。

エレノア嬢なら、あるいは。

「今度、その、お、お友達を、連れてきてもよろしいかしら」

エレノア嬢とはまだ二回しか会ったこともないのに勇み足かしら。

大丈夫だよね？　友達って思っているのは、私だけじゃないよね？

先走った約束になってしまわないかとどぎまぎしつつ、セドリック様からの答えを待つ。

「……それって殿──」

言葉を遮るように羽音が聞こえ、振り向けば大きな蜂が私の顔めがけて向かってきているのが見えた。とっさに後ずさり、避けた拍子にぬかるみに足を取られてしまう。

「う、そでしょお……っ」

姿勢を整えることも叶わず、そのまま体が傾いでいく。

「リーゼリット！」

藁にもすがる思いで摑んでしまったのだろう。

そばにいたセドリック様まで巻き込み、……池にダイブしたのだった。


私に覆いかぶさる形になったセドリック様が、忌々しげに濡れた前髪を払う。

「ええ、と……ご、ごめんなさい？」

水も滴るいい男ですね、なんて軽口は口が裂けても言えない。

池に落とした張本人が言うには、ちょいとばかり捨て身すぎるので。

見事に頭から泥水をひっかぶった私たちは、ヘネシー夫人に温かく迎え入れられた。

大事な跡取り息子を池に落としただけでなく、床を汚しお風呂をいただき、ナイトウェアまでお借りしているという体たらく……。

ヘネシー卿は仕事に出られたらしいが、合わせる顔なんてないわ。

「風邪をひくといけないわ、ポセットを用意しましたの。温まりますわよ」

「……重ね重ね申し訳ありません」

「お気になさらないで、セドリックはあまりやんちゃな方ではなかったので、楽しいくらいですの。二人とも怪我がなくて何よりでしたわ」

で、ですよね……息子さん、池に落ちるなんてこと、今日が初めてですよね。

いたたまれなさに押し潰されそうになりながら、受け取った容器を両手で捧げ持つ。

ポセットポットという不思議な形をした容器からは、ホットミルクだろうか、スパイスとアルコールの香りがふわりと漂う。

砂糖も入っているのかほんのりと甘く、体の奥からほこほこと温まっていく。

これ、とってもおいしい。

「ドレスの替えが到着するまでゆっくりしてらして」

セドリック様と並んでコクコクと容器を傾けるのを、柔らかく見守ってくださる。

できた母親すぎてうらやましすぎるレベルだ。

「……そんなに慌てて帰らなくても、泊まっていけば？」

「まあ。それもそうね、帰宅中に洗い髪が冷えてしまってもいけませんもの」

セドリック様がぽつりと呟いた言葉に、夫人が手を頬に当て同意する。

「いえ、そこまでご迷惑をおかけするわけには……」

慌ててかぶりを振る私の手がセドリック様に掴まれ、ぐいと引き寄せられた。

「すでに迷惑をかけられているんだけど。今さらじゃない？」

で、ですよねー……。

「……君の腕、こんなに細かったんだ」

セドリック様らしからぬ呟きに目をしばたいているうちに、私のポセットポットは奪われ、もう片方の手が頬へと添えられていた。

「顔も。僕の掌にすっぽり収まる」

その上、ソファに乗り上げるようにして身を寄せ、じっと覗き込んでくる。

ちょ、近い近い近い。前髪が私の顔にかかるか否かって距離だぞ。

眼鏡を外しているせいで焦点が合いづらいの？　それにしたって近すぎるでしょ。

「何赤くなってんの？　かわいいとこあるんだ？」

うっすらと笑む様が蠱惑的で、セドリック様が攻略キャラだったことを思い出す。

何これ、何かの冗談？　池に落とされたことへの報復とか？

傍に夫人がいらっしゃるっていうのに、また勘当騒ぎになったらどうするつもりだ。

ほら真っ青になって………って、なんでだー！　頬を赤らめていらっしゃる⁉

「……わっ私、お部屋の準備をしてまいりますわ」

「えっ！　……へ、ヘネシー夫人？」

我に返ったように侍女たちを連れて部屋を出ていく夫人を、頭にはてなマークを飛ばしながら見送る。

どゆこと……このまま放置ですか？　息子さん、明らかにおかしくない？

「よそ見しないでくれる」

一方のセドリック様は、夫人が去った後も態度が変わる様子はない。

いつのまにか両頰をがっちり固定されているし、目は熱っぽく潤んでいるし。

「君の肌、冷たくて気持ちいい」

しかもそのまま額をこつりと当て、鼻をすり寄せてくるし！

え、ちょ、まっ、……え？

それ以上近づいたら、あの、口が、当たっ…………あわあぁあ。

身をすくめ、ぎゅうと目を瞑った私に、ずっしりとセドリック様の重みがかかる。

「セ……セドリック様………？」

唇が触れるギリギリのところで、突然糸が切れたみたいに動かなくなったんですけど。

違和感を覚えて恐る恐る目を開ければ、セドリック様はつらそうに肩で息をしながらぐったりとしなだれかかっている。

ええと、これは……もしかして………？

改めて額に手を当ててみれば、ものっすごいあっついんですけどぉぉぉお。

ふ、夫人！　戻ってきて、ヘネシー夫人～～!!

そんなわけで寝込んでしまったセドリック様。

池に落としてダウンさせておきながらそのまま帰るなんて恐れ多いことはできず、宿泊と相成りました。

一夜明け、お詫びも込めて、ただいま厨房をお借りしている次第であります。

さて用いますは、昨日お茶菓子にとふるまっていただいたギモーヴ、それからミルクを少し。小鍋で温めたミルクにイチゴやベリー系のギモーヴを投入し、溶けたら型に入れて冷やし固めるだけの簡単調理だ。

昔使ったのはマシュマロだったけど、ギモーヴの原材料はマシュマロとそう変わらない。たしかフルーツピューレにゼラチン、メレンゲなので、これだけでベリー風味のミルクプリンになるって寸法よ。

ありがとう前世知識、ありがとうレシピサイト。

ホイップクリームとミントの葉で飾りつけして、マスカットの香りのするお茶と一緒にトレーに乗せ、夫人と一緒にセドリック様を見舞う。

室内はほどよく換気されており、朝の清浄な空気が部屋を満たしていた。

「さあ、熱はどうかしら」

すやすやと眠るセドリック様に夫人が額を当てて熱を測ると、うっすらと瞼が上がる。

「おはよう、セドリック。だいぶ下がったみたいね。調子はどうかしら？」

「体がだるい。……って、何これ」

そう言うと、ずるりと皮袋を取り出した。

氷水を入れて氷嚢代わりにと使用したものだ。

「リーゼリット嬢のアドバイスで入れてみたのよ。脇や足の付け根を冷やすと熱が下がりやすいんですって」

効果があったみたいね、と私に微笑みかけた夫人の視線を辿り、セドリック様がこちらに気づいた。

ばちりと視線が合わさったとたん、半眼だったセドリック様が驚愕の表情へと変わる。

倒れる前の情景がぽんと浮かび、どんな顔をしていいのかわからず、思わず目を逸らしてしまった。実は、起きている状態で顔を合わせるのは倒れて以来初めてなのだ。

「……っ、な……んで、君がいるの」

起き抜けでぼんやりしているのかもしれないが、それはまたひどすぎやしないか。

視線を戻せば、セドリック様は跳ね起きた際の勢いがよすぎたのか、頭に手を当て俯いてしまっている。

「まあこの子ったら。あなたが泊まるように勧めたのよ？」

「は？　そんなこと僕が言うわけない」

「その場にいたのですから確かよ」

夫人との問答に上げた顔は、動揺というよりも驚愕の色が強い。

「ちょっと待ってよ。ポセットを飲んだあたりまでは覚えてるけど、その後の記憶が……」

「まあっ、全部忘れてしまったの？」

「も、もともとお疲れのところを、私が池に落としてしまったからですわっ」

どこか楽しそうにも見える夫人に任せてはおけず、慌てて言葉を紡ぐ。

昨日のことを覚えていないなら、それにこしたことはないのだ。

たとえ熱に浮かされての奇行だろうと、ありのままを告げられてしまえば、これから先お互いにどんな顔をすればいいかわからなくなってしまう。

「風邪をひかせてしまい、申し訳なく思っております。おわびに食べやすそうなものを作りましたの。召し上がりますか？」

「おわび……って、え、作ったの？　君が？」

とは言っても、溶かして固め直しただけという、作ったと言うにはおこがましいレベルなのだ。気恥ずかしさを覚えて、頷くのに若干時間がかかる。

「もらうよ。まあ……せっかくだし」

クッションに背を預けて身を起こしたセドリック様に、グラスとスプーンを渡す。

すぐには手をつけずじっと眺めているのだが、ぞうきんの絞り汁が入っているとでも疑っているのだろうか。いくらなんでも失礼だぞ。

セドリック様が一掬いして飲み込むのを見届けてから、私と夫人もグラスを手に取る。

「見た目は蒸したプディングに似ているけれど、こちらは喉越しが良くておいしいわ」

「ゼラチンを使用しておりますの」

「まあ。デザートにゼラチンを。おもしろいわ」

ギモーヴ自体が異国のお菓子だし、この国ではあまり一般的な使い方ではないのかな。

話を聞いているのかいないのか、セドリック様は黙々とスプーンを動かしている。

気に入ってくれたようでホッとしたわ。よしよし、いっぱい食べるがよい。

一方で、夫人のグラスは減りがよくない。私の視線に気づくと、夫人は肩を落とした。

「……ごめんなさいね、私ホイップされたクリームが少し苦手で。その部分だけ取り除いてもかまわないかしら」

「かまいませんわ、私こそ先にお聞きしておくべきでした」

とても申し訳なさそうに眉根を寄せる夫人に、こちらの方が恐縮してしまう。

「…………取り除く？」

セドリック様はぽつりと呟いたかと思うと、スプーンの背でプリンの表面を叩いた。

「セドリック、お行儀が悪いわ」

夫人にたしなめられるが、それには答えずじっと考え込んでいる。

「リーゼリット嬢、これの材料は何て？」

「ゼラチンと牛乳、フルーツピューレにメレンゲですわ」

「この固まっているのはゼラチンによるもの？」

「……おそらくは」

「ゼラチンの原料は？」

動物性ということはわかるが、さすがにそこまでは知らない。

矢継ぎ早の質問に戸惑っていると、夫人がにこやかに助け船をくれた。

「動物の皮膚や骨を煮出したものよ」

えっ、そんなえぐい製造方法だったの？　それは誰もデザートに使おうとは思わないわ。

「僕が今、培地に使っているのはブイヨンだ。肉や骨や野菜くずを煮込んで作った、肉のスープ……」

こちらへと向き直ったその目は、今まで見たことないほど生き生きとしていた。

ぐいと手を取られ、つんのめるように引き寄せられる。

ちょっ、昨日の距離感が思い出されて、変に緊張してしまうんですけど⁈

「リーゼリット嬢。……感謝する」

痛いくらいに握りしめるその手を振りほどけず、熱のこもった眼差しをまっすぐに受け、私はぴしりと固まるのだった。


ローテンションがデフォのセドリック様を活気づかせたのは、まさかのプリンだった。

しかも味でも食感でもないときている。何を言っているのかわからないって？

かくいう私もいまいち状況が摑めていないのだが。なんでも細菌を増やすための培地は肉汁を使ったものが一般的……というか、それしかなかったらしい。

どろどろの液体培地では、入り混じった細菌を寄り分けることが難しいようなのだ。

それゆえ純粋培養には時間を要し、なかなか量を確保しづらいのだとか。

セドリック様はプリンの上のホイップクリームよろしく、目的とする菌を掬い取ったり、目的外の菌を取り除いちゃおうと、まあそう考えたわけだ。

まったく役に立てる気のしなかったペニシリン製造においてわずかでも関われたことはものすっごく嬉しいんだけど。

まだ器に残っていたプリンを口に運ぼうとして、試験管内でもっさりしていた物体が脳裏によぎる。

………せめて食べ終えてからにしてほしかったかな。

哀れ、ふるりと揺れるプリンはそれ以上持ち上げることができず、私はゆっくりと匙を置いた。

「汗をかいて喉も渇いたでしょう。しっかり水分をとって、もうひと眠りなさい」

侍女がお茶を注ぐと、爽やかなマスカットの香りがふわりと香った。

夫人特製、エルダーフラワーとエキナセアのブレンドティーだ。くしゃみや鼻水、喉の痛みに悪寒など、風邪の初期症状を緩和し、発汗解熱効果もあるらしい。

風邪予防にと昨夜から私もいただいているが、清涼感があり、とっても飲みやすいお茶なのだ。

カップを傾けるセドリック様の寝衣はしっとりと湿っている。

夜の間は顔や首元くらいしか汗をぬぐえていないのだろう。

このままだと寝苦しいし、下手に体を冷やして悪化させてもよくない。

「お休みになる前に一度着替えた方がよいですわ。体をお拭きします」

「まあ、素敵ね！」

「…………は？」

「ヘネシー夫人。たらいに半量のお湯と、足し湯に差し水、清潔なシーツ、それから厚手の布を四枚ほどお借りしたいわ」

「ええ、すぐに」

使い捨てのおしぼりタオルはおろか、パイル地のタオルもないから、布で代用だな。

そういえば、この世界での沐浴剤ってどうなっているんだろう。

ただ温かい布で拭くだけよりもずっと効果が高いはずだよね。

「沐浴剤はございますかしら。それに近いものでもけっこうですわ」

「でしたらラベンダーの精油はどうかしら。お風呂に花を浮かべる国もあるようですし、肌への刺激も少ないですわ」

「たいへん勉強になります。ではそちらを」

あっけにとられているセドリック様をよそに、夫人と共に準備に取りかかる。

「ちょっと、僕を置き去りにしないでくれる。そもそも君、忙しいんじゃないの。もう帰ったら？」

「午後から授業が入っておりますが、時間は十分ありますのでお気遣いは無用ですわ」

効果実証の計画に取り入れたものの、前世では学生の監督をしていただけで実践は久々なのだ。手順のおさらいにもなり、忌憚ない意見を聞けるこの機会を逃す手はない。

男の子なんだから裸を見られるくらい減るものではなし、協力してもらいましょう。

夫人と侍女が覗き込む中、すわ実践と横になっているセドリック様の寝衣のボタンに手をかけたところで、その手を阻まれる。

「ちょ、ちょっと、本当に君がするの。指示だけでなく？」

珍しく慌てた様子に、思わずにんまりと笑んでしまう。

ははーん、なるほどこれは。『よいではないか』をする悪代官の気持ちがよくわかる。

昨日私を慌てさせた罰だ、甘んじて受けるがいい。

「これも人助けと思って」

「こんな人助け、聞いたこともないよ。しかもそんな殊勝な顔してないでしょ、君」

「あまり暴れると疲れますわよ」

少しの攻防を交えながらも、ボタンを外し両袖から腕を抜く頃には、セドリック様は諦めたのか大人しくなった。

露わになった胸元に、お湯を浸して固く絞った布を広げて当てる。あれだな、無我の境地ってやつか。

その上から乾いた布をかぶせ、これでしばらく蒸らす。

自分の腕の内側で温度を確認しているので、熱すぎはしないはずだ。

同じように新たに絞った布をセドリック様に渡すと、据わった目がこちらに向けられた。

「……何？」

「ご自身で拭けるところはどうぞ。お顔に広げると気持ちいいですよ」

しぶしぶといった体で受け取り、素直に顔を蒸らすセドリック様を横目に、着々と布をすすいで拭きあげていった。

手前側の寝衣を新旧のシーツとともに体の下に押し込んだら、次は背中だ。

立てた膝頭と肩に手を置き、膝から順に手前に引けば、少ない力で体をこちら向きにさせられる。濡れた寝衣とシーツを抜き取り、清潔な方のシーツを広げ——ようとしたのだが、逃げていくセドリック様に阻まれてしまった。

「動かれてはやりにくいですわ」

「いやいやいや。おかしいでしょ、……この状況、君はなんとも思わないの」

問われて初めて我が身を振り返るが、これと言って特におかしなところはない。しいて言えば、ベッドに乗り上がらざるを得ないってことくらいか。

ベッドの端に寄ってもらっているとはいえ、立ったまま一人分の体を乗り越えて作業するには上背が足りないのだ。

ご令嬢がこんなじゃ、はしたないってか？

ちらりと夫人に目を向ければ、にこにこと見守ってくれているだけだ。

あちらは何の問題もなさそうだぞ。

「セドリック様がずり下がったりなさらなければ、これ以上ベッドに乗り上がらずにすみますわ」

「…………そういう問題じゃないでしょ」

じゃあ何の問題だとは思うが、ここで問答していたって風邪が悪化するだけだ。

なおも後退しようとするセドリック様は、今半裸なのだ。

申し訳程度にかけられた布だけでは体温を維持できまい。

向こう側に回って、またこっちに戻るを繰り返すのは非効率的だしなあ。

「こちらを引っ張ればよいのでしたら侍女にさせますわ。セドリック、それでいいわね？」

「え」

「ではリーゼリット様、続けてくださるかしら」

「……うそでしょ」

夫人の鶴のひと声でどうやら問題は解決したようなので、さくっと再開してしまおう。

背中から首元にかけてやや熱めの温度の布を広げ、その上から乾いた布で蒸らす。

ぎしりとこわばり、逃げを打ちそうになっていたセドリック様の体が止まる。

はふ、と気持ちよさそうな声が漏れ聞こえ、思わずにんまりしてしまう。

そうであろうそうであろう、これがけっこう気持ちいいのだ。

枕に顔を押しつけるようにしているから表情こそ見えないが、ガチガチだった体から余計な力が抜けていく。

せっかくだからもっと気持ちよくなあれと首元を軽くほぐして、再度温め直した布を折り畳み、背中を拭き上げた。あとは寝衣とシーツを整えたら終了だ。

最小限の物品で、肌の露出も少なく……流れとしてはまあスムーズか。

重いものなど持ったことのなさそうなご令嬢の力でもなんとかなりそうだし。けっこう体が覚えているものね。

夫人にもたいへん好評だったので、ポイントを伝えてからセドリック様へと向き直ってみると――実に形容しがたい表情をしていた。

「いかがでしたかしら」

「……こんなのされたら誰も退院しなくなるんじゃないの」

セドリック様らしいひねくれた感想だが、おおむね良い評価を得られたように思う。

「本当は足も拭けるといいのですけれど……」

「させないからね」

「さすがにそこまではしませんから。ご安心くださいませ」

シーツを引き寄せつつの食い気味の返答に苦笑して返すと、君の場合まったく安心できないでしょ、とぼやかれてしまった。

さてと。ここで忘れてはならない、大事な確認事項が一つ。

「ヘネシー夫人、この方法は病院に普及できるでしょうか。率直なご意見をいただきたいのです」

「そうね……。自宅療養中の貴族でしたら、皆喜んで取り入れるでしょうけれど。病院で行うには、少し難しいように思いますわ」

流布させるならば基本に忠実にと思っていたが、簡略化した方が受け入れられるか。

今日実践しておいてよかったわ。

「……病院でも、君がするつもりなの」

「人を雇う予定ですが、手伝いくらいはするかと」

「病人にだっていろんな人がいるんだからさ。……君の担当は、女性に絞った方がいいんじゃないの。僕だって、その………」

いつも小気味良いほどに切り込むセドリック様が、珍しくもごもごと言い淀んでいる。

私の担当を女性にという言葉を咀嚼しようとして、配慮不足だったことに思い至った。
セ、セクハラ対策もしなきゃいけないのか！
病院内での他者による清潔保持の経験がないのなら、する側にもされる側にもマナーなんてものが整っているわけないもんね。

前世で当たり前だったからといって、そのまま受け入れられるわけないんだし。

患者さんにも検証に参加してくださる方にも、嫌な思いさせちゃいけない。

女性患者への男性担当は不可、二人一組で実践してもらうとして他にいい方法あるかな。

いやその前に、そもそもこの世界にセクハラって概念があるのか？

うんうん唸りだした私のそばで、遠い目をしたセドリック様と、それを慰める夫人がいたのだが。シミュレーションに余念がない私には、到底気づくはずもないのであった。

昼頃自宅へと戻った私を迎えたのは、ベルリッツでもなければナキアでもなく……不機嫌そうに腕組みをし、玄関ポーチの柱に背を預けたギルベルト殿下だった。

階段の陰や扉の隙間(すきま)、廊下(ろうか)の端などには、様子を見守る家の者の姿も見える。

お父様もいるわ。みんな仕事はどうした。

何やら殿下はお怒(いか)りのご様子だが、授業まであと小一時間ほどしかないのだ。

それまでに資料をまとめなければならない。

さくっと殿下に来訪の礼を伝え、サロンでお茶でも飲んでいてもらおうと侍従(じじゅう)に視線を巡(めぐ)らせたのだが。

「……俺に何か言うことがあるだろう」

そう切り出した殿下は眉間(みけん)にしわを寄せ、いらだちを隠(かく)そうともしない。

先日、静止も聞かずに鼻の穴を見分してまわったことか。

ファルス殿下の服を無理やり剝(は)いだことか。

外泊(がいはく)の件だとすれば、ずいぶんと耳が早いな。昨日の今日だぞ。

ちらりと視線を屋敷の奥に送ると、お父様は小さくかぶりを振った。

「外泊の件でしたら、お風邪を召されたセドリック様を看病しておりましたの。私が池に落としてしまったためですから、放って帰ってくることなどできませんわ」

「……理由が聞きたかったのではない」

お怒りの対象は当たり。でも求めているのは理由ではない、と。

言わんとしていることはわかる。醜聞たりうる言動は慎め、貞淑であれだ。

けれど、ある程度の自由の確保を利点として婚約を交わしたのだ。

それが果たされないのであれば本末転倒ではないか。

目の前に困っている人がいても、それが異性なら放っておくのが慎み深さだというなら、そんなものくそくらえだ。泊まり込みの看病だろうが、夜を徹しての治療だろうが、私にできることがあればこれからだって首を突っ込むよ。

「婚約者としての貞淑さを求められるのはわかりますが、私はこのような性分ですので」

それらすべてを承知の上で婚約を申し込まれたのではと暗に示せば、殿下は苦々しい表情を露わにする。

殿下の言うことは間違っていない。この世界では正しい感覚なのだろう。

でも私は、今できることとやなすべきことの優先順位で動いてしまう。

看病のために友人宅に泊まるくらい、なんてことないと考えてしまうのだ。

どうあっても、話は平行線にしかならない。

そもそも仕事一辺倒の喪女に、貴族社会の規範たる王子の相手なんて無理だったのだ。

「そういったものを求められるのでしたら、もっと別の……」

「俺は、婚約を解消するつもりはないからな」

ふさわしい方にと続けようとした私を遮り言い放たれた言葉に、屋敷の奥からどよめきが漏れる。

……みんな聞き耳立てすぎでしょう。

ちょっとびっくりしたのに、一瞬で醒めちゃったじゃないか。

「醜聞ごときにおまえを貶められたくない」

「……は、……え……？」

まっすぐに向けられる意外な言葉に、ぐわぁぁっとせりあがるような勢いで顔に熱がたまっていくのがわかる。

てっきり『少しは婚約者としての自覚を持て』とかが続くのかと思っていたのに、その言い方では……。

俯いていく視界と、震えそうになる睫毛が恨めしい。

「えっ、と……その……努力、いたしますわ…………」

残念なツンデレ王子のくせに、こんな、いろいろと反則でしょう。

「殿下。過分なお言葉、恐縮でございます」

満面の笑みを浮かべ姿を見せたお父様に、これ幸いとドレスの裾を翻して階段を駆け上がる。階下でお父様が私をたしなめる声が聞こえるが、何を言われようとも足を緩める余裕なんてない。

なんなのあれ、なんなのあれ、なんっなのあれぇ……！

早鐘を打つ心臓をなんとかおさめて時間ぎりぎりに準備を整え、迎えた先生は巨大なカモミールの花束を抱えて現れた。

前回のような動揺っぷりは見られないが、頬は紅潮し、やや緊張した面持ちだ。

今度はお花攻撃なのかと一瞬身構えてしまったが、先生はカイルに何かを耳打ちして二、三言葉を交わしただけで、花束を離そうとはしなかった。

奥手すぎて花を贈るタイミングを計りかねているのだろうか……。

毎度のことだが、行動がまったく読めない。

……ああ、殿下？　殿下なら私の隣で優雅に紅茶を飲んでいるよ。

ついさっき爆弾発言かまして人を動揺させておいて、どこ吹く風とは何たることか。

「協力を得られる病院が出揃いましたのでご報告いたしますわ。リストはこちらに」

まずはこれからと、ヘネシー卿からいただいたリストを示す。

先生は身を乗り出すように目を通しているのだが、ちゃんと読めているのだろうか。

抱えた花束は、前が見えないのではと危ぶむほどの量なのだ。白くて小ぶりで可憐な花は先生によく似合うが、はっきり言って今は邪魔にしかならない。

「先生、お花をお預かりしましょうか」

「あ、……これは、自分用なので」

見かねて声をかけてはみたが、どうやら私宛ではないらしい。

ここへ来る途中で気に入って自宅用にと購入したものなのだろうか。

憂いを含む表情を隠すかのように花へと顔を埋めている姿は、ある意味では目の保養だ。

花が似合う、なんてものじゃない。なまじ美青年なだけに、この光景に違和感がないのだ。それこそ漫画の背景を飾る花みたいに。

先生の性格からして、自己演出を狙ったとは思えないしなあ。

別に理由は何だってかまわないけれど、花で声がこもるせいか、そうでなくとも小さな声がいっそう聞こえづらいんだが。

いったんお預かりして帰りにお渡ししてもいいのだが、大事そうに抱え込んでいるものを引き剝がすのも忍びない。このまま続けるか。

先生の声を聴き逃すまいと身を乗り出したとたん、隣から腕が伸びてきてソファに戻された。腕を辿り視線を向けると、殿下が眉根を寄せてカップを傾けている。

え、でも聞こえにくいし。

視線で語っても変わらぬ表情と無言の圧に、先の言葉が蘇る。

『醜聞ごときにおまえを貶められたくない』という……。

とたんになんともいたたまれない気持ちを覚え、もそもそとソファに座り直した。

……この先、殿下にまでうまく操縦されそうな気がするのは、私だけだろうか。

動揺を隠すようにリストの説明を続け、はらりと零れた横髪を耳にかけた。

「失礼」

突然聞こえたカイルの声に顔を上げると、テーブルの向かいでカイルが先生の手を取っているのが見えた。部屋の隅にいるはずのカイルがすぐそばに来ていたことも驚きだが。

……なんで二人手を取り、見つめ合っているんだ？

その上、手が離れてからも、カイルがその場にとどまり続けている。わけがわからずぽかんとする私の前で、先生はカイルに照れくさそうな笑みを零してから私に向き直った。

反応に困ってちらりと隣に視線を送ると。

「どうした。続けないのか」

殿下はナキアにお茶をついでもらっているところだったようで、カップとソーサーを手に取り、なんでもないことのように促してくる。

ちょっと、今の見ていなかったの⁈　動揺を！　分かち合わせてよ……！

誰とも感覚の共有が図れず、一抹の寂しさを覚えてしまうわ。

「効果が一律になるよう、手順はこちらで統一いたします」

気を取り直し、次に取り出したのは、ヘネシー邸で実践した清拭とシーツ交換の流れをざっと文面に起こしたものだ。患者が寝たまま行う場合と、座って行う場合の二通り。

夫人の助言をもとに要点をおさえて簡素化し、根拠や注意点とともに書き込んでみたが、初見でわかりにくければ修正も必要になる。

効果実証の許諾はお父様や国王陛下を含めて門外漢の方ばかりだし、実践する人も知識があるとは言いがたい。齟齬なく伝わらなければ話にならないのだ。

「患者の状態に合わせた対処法がいるね。包帯を巻いている箇所や、手術した腕や足が動かしにくい箇所への配慮はどうするか、とか」

先生の言葉に、思わず頭を抱えたくなる。

そりゃそうだよ……この国には医師や診療科のくくりがないんだってば。

そのくくりがないなら、病棟だって言わずもがなだ。

「配慮不足でしたわ。その場合の手順も追記しておきます。また、募集する人員は医療知識のない方でしょうし、包帯の管理は病院のスタッフに一任しましょう」

こくりと頷く先生を認め、忘れないようにと手元の紙面に書き出していく。

ペン先が紙の上を滑る音に、茶器の硬質な音。そこに、殿下の訝しげな声が混じる。

「この、『温熱刺激とマッサージにリラクゼーション』、……それに伴う『血流促進効果が見込める』とは？」

手順に示した根拠に関する文面の一部だ。

殿下はなんだかんだ文句を言いながらも、こうして内容を把握しようとしてくれる。

「我が国には『座浴』という水治療がありますでしょう？　そちらが示すように、良質な血液を巡らせることは怪我の治りを早めますわ。リラックス効果をより高めるため、沐浴剤としてアロマオイルの使用を検討しております。ヘネシー夫人から教わったものですが、ラベンダーの精油は肌への刺激も少なく、比較的安価に手に入るものですから、現場においても導入されやすいかと」

まだ残っているかしらと手の甲を鼻に寄せれば、優しい香りが鼻孔をくすぐった。

「この香りですわ」

殿下の鼻先に手の甲を突き出すと面食らったような顔になり、これでもかってくらいに渋い表情で匂いを嗅いだ。

ありゃ、お気に召さなかったのかしら。

「先生も。どうぞご確認くださいませ」

今度は、腕に抱えたカモミールの香りに負けないようにと、テーブルに身を乗り出し先生へと手を向ける。先生は一瞬身をこわばらせたのち、おずおずと顔を寄せた。

長い睫毛に縁どられた瞼がふるりと震える。

手の甲に鼻先が触れるか触れないかというところで、互いの腕が引かれ距離が開いた。

おわかりだと思うが、私は殿下に、先生はカイルにだ。これで二度目。

今回は先生がカイルに手を取られる様だとか、頬を赤らめ振り返る様だとかをばっちり目撃(もくげき)してしまったわけだが。

なまじ美青年なだけに倒錯(とうさく)的なのだ。無骨なカイルが、失礼と短く断っては手を引くのも。先生の涼(すず)しげな目元が色づき潤み、しばたくのも。

…………私はいったい何を見せられているのだろう。

今度こそと同意を求めて殿下を振り返ると、呆れた顔を隠しもせずに頬杖(ほおづえ)をついている。口パクでバカと伝えてくるってことは、この現象も私のせいだと。

そういうことですか。くっ、意味がわからん。

大きく息をついて気を取り直し、これまで検討した内容を振り返って、漏れていることはないか確認をする。今日の分をまとめて最終稿にできればベストだが、詰めの甘さで後悔(こうかい)することのないようにしたい。

人員募集の条件や賃金についてはお父様に相談するとして——

「そうでしたわ、先生。最後にもう一つ。検証時はペアであたる予定なのですが、募集した人員や患者が異性への恥ずかしさや嫌な思いを抱(いだ)かないよう、組み合わせはこのように考えておりますの。無体を働く方がいないとも限りませんし」

手元の紙に各パターンを模した簡単な図式を描く。女性患者には女性二人で。男性患者には男性と女性、もしくは年配の女性二人か、男性二人の人員であたる、と。

絵はあまり得意でないが、図なら伝わるだろう。

「意に添わぬ行為を防ぐ手立てが他にもございましたら、ご教示願えますでしょうか」

そう言って顔を上げた私へ、部屋にいた男性陣が一様に動きを止め、まるで幽霊か宇宙人でも見るかのような目を向けた。

……何かおかしなこと言ったかな。

下手すぎて図式ですら、この世のものとは思えないものに見えてしまったのか？

異世界ものの恋愛小説の世界なんだし、セクハラ自体ありえないとか？

余計な勘繰りだったかしら。そう思い小首を傾げると、先生は花束に顔面を沈み込ませ、カイルは先生の肩にそっと手をやり、殿下は頬杖をついたまま重いため息をついた。

「とりあえずおまえには一人で行動させないことと、……花を飾るくらいでは効果がないことはわかったな」

ええと、よくわからないけれどそれはつまり……ペア案は採用ってこと？

充実した授業に、ほくほくした気持ちで玄関ホールに立つ。

授業を終えた先生は、飾るにはずいぶんとくたびれてしまった花束を抱えて帰路についた。

どこか哀愁を漂わせた背中を見送り、勉強室に戻った私が目にしたのは、まったく帰る様子のない殿下であった。

ソファに腰を落ち着かせ、組んだ足に載せた本へと目を通しているようだ。

扉の音に顔を上げると一転、訝しげな目をこちらに向けた。

「なんだ、その不気味な笑みは」

不気味かどうかはさておき、頬が緩んでいるのは事実だ。理由は一つ。

「殿下にも先生の優秀さが理解できたのではと思いまして」

これでイエスマンなだけの教師との誤解は払拭されただろう。

先生は少し対応に困ることがあるものの、今日のように何度も助けられているのだ。

あれほど優秀な方が無能のレッテルを貼られたままなんて、そんな心苦しいことはない。

自分のことのように誇らしげな私に、殿下はよくわかったとでも言うように手をひらひらとさせた。その指の示す隣へと腰を下ろすと、殿下が間を置かずにごろりと横になる。

そういえば授業への付き添いには対価が必要なんだっけ。

気球ではずいぶんと否定していたっていうのに、今日も膝枕をご所望、と。

このために大人しく待っていたのなら、別の意味でにやけてしまうじゃないか。

「何をご覧になっていらっしゃるの？」

横になりながらも寝入る様子のない殿下に、仕事の資料でも持ち込んでいたのかと思ったのだが、どうやらそうではないらしい。

「おまえのことだ、カモミールの意図にすら気づいていないだろうと思ってな」

そう言って表紙を向けてくるのは、ヘネシー夫人からお借りしたばかりの薬草学の本だ。

ご丁寧にも栞紐が添えられたページには、カモミールの効能がまとめられている。

仕事の速さに感心しつつも、この言いようではお礼を言う気にならない。

むうと口を尖らせながら、内容に目を通す。

薬用のカモミールは二種類あって、香りが強く精油用として用いられる方がローマンカモミール、苦みが少なくハーブティーに利用される方がジャーマンカモミールというものなのか。挿絵を見る限り、先生の持っていたものはローマンカモミールのようだ。

香りにはリラックス、鎮静、安眠効果が期待できる、と。

ということは、先生は心を落ち着かせたかったたってことなのね。

……その花、邪魔とか思ってごめんなさい。

「そこの護衛にしても、おまえにむやみに触れないよう制止を頼まれていたんだろう。まともな授業ができるように、あの男なりに考えたんじゃないのか」

なるほど……一理も二理もある。

先生はきっと、前回授業にならなかったことを気に病んでいたのだろう。

くたびれるまで何度となく埋もれた巨大な花束に、突如始まる倒錯的劇場。

あの一枚絵のような不思議空間は、そうして完成に至ったものだったのか。

「そこまで尽力している相手に、おまえは……さすがに、あの男には同情を禁じ得ない」

こめかみに手を当て眉を寄せる、殿下の言葉が耳に痛い。

セクハラ対策は必要な検討事項だったし、他意はこれっぽっちもなかったとはいえ、あれでは暗に先生を非難したようなものだもんなあ。前回のでコチューがあるだけに。

「……次お会いしたときに訂正しておきますわ」

何と言うべきか、今すぐには思い浮かばないが。

「うまくいなす方法も身に着けておけ」

念を押すかのような視線に、自信なく頷く。努力はするけど、我がことながらそんな高度なものが身に着けられるとは思えないんだよねえ。

世のご令嬢はいったいどうやって学んでいるんだ？

経験を積むにしたって、手本がなければいかんともしがたくない？

思考が遠くに行ってしまった私をよそに、殿下の腕がテーブルの上へと伸びる。

茶菓子を取ろうとしているのを察して器ごと近づけてみれば、そいつをよこせと指し示された。殿下の体勢からでは摘まみにくいのだろう。ええい、この横着ものめ。

「こちらでよろしいです？」

器から小さな砂糖菓子を一つ二つ摘まみ、殿下の掌に乗せようとしたところで手首を取られる。え、と思う頃には、指の合間を掬うように食まれていた。

赤い舌がわずかに覗き、指についた砂糖の欠片を舐め取られる。

「……ッ、な、何を」

指先にしびれたような感触を覚え、慌てて手を引くが、掴まれた腕はびくともしない。

「なに、ただの意趣返しだ」

「意趣返しって……」

そうしてそのまま手首を顔に寄せ、すうと嗅がれる。

手首の内側、それも皮膚の薄い箇所に殿下の吐息が当たる。

掴む掌も熱く、歳はそう変わらないというのに骨ばっていて大きい。

「で、殿下……？」

下手に動けば唇に触れてしまいそうで、振り払うことすらままならない。

混乱も相まって動けずにいると、赤い目がこちらを見やった。

「さっきの手順書だが、セドリックとやらに実践したろう」

鷹のような双眸が鈍く光り、さっきとは別の意味で言葉に詰まる。

「……見てきたように言いますのね？」

「詳細なわりに外傷者への視点が抜けていて、手に精油の香りが残っているんだ。これだけ証拠が出揃っていて気づかないわけがあるか」

おまえはいつも詰めが甘い、と言ってようやく放された手首をさする。

なるほど、意趣返しね。看病と手順のおさらいのためとはいえ、異性の体にべたべた触れたとして、これもお叱りの対象になるのだろう。

邸内だろうと人目はあるし、どこから話が漏れるかわからないから。

私がこういうイチャコラに免疫ないって、先生の一件でばれていますしね。

「……怒ってらっしゃいます？」

「別に」

即答した殿下だが、そのわりに眉間のしわが取れない。

「だが、次にヘネシー卿のもとを訪ねる際は俺も同行するからな。効果実証の草案には俺の名も連ねているんだ、中身を知らないではすまされない」

これを断る理由があろうか。いや、ない。

「手厚いご尽力に感謝いたしますわ」

お目付け役も真っ青な過保護っぷりだが、強奪したサインにここまで協力してくれるなんて、誰が思おう。

「それでいつだ」

「早ければ明日にでも。セドリック様のお見舞いに伺う予定ですの」

「……頻度(ひんど)が高すぎないか。城にはとんと来ないくせに」

「お城に用はありませんもの」

そう答えると、殿下は渋い顔で押し黙った。

普通の令嬢なら、嬉々(きき)として出向くものなのかしら。

授業前はまんまと言いくるめられてしまったけれど、つくづく思う。

私は本当に、結婚(けっこん)だとか令嬢ってものに向いていないのだ。

「純粋に疑問ですけれど、殿下はなぜ私と婚約しようと思われましたの？　癒(いや)しや他のご令嬢へのけん制が目的であれば、もっとふさわしい方がいらしたでしょうに」

私はこんな有様(ありさま)だし、殿下側のメリットに対してデメリットの方が大きそうなものだが。

何度か垂涎(すいぜん)もののツンデレをご披露(ひろう)いただいてはいるが、それが私に惚(ほ)れているためでないことくらいはわかる。出会いが出会いな上に、その後だって呆れられこそすれ、好感度がアップする要素なんてなかったからね。

惚れたはれたの相手でないのなら、私との婚約に固執(こしつ)する理由はないだろうに。

そもそも原作小説において、殿下と婚約するのはもっとずっと後なのだ。

今この状況に至った原因なんぞ見当もつかない。

「言ったはずだ。おまえの望むようにしてやりたいと。おまえのことを、……もっと知りたいと思ったのだ」

こちらを見ることもなく告げられた回答に、私まで思わず赤面して——って、ちょっと待った。そんな素敵なこと言われてないよね？　いつのことを言っているんだ、茶会か？　だとしたらもっとこう挑発的じゃなかったか。ケンカを売られた覚えしかないぞ。

こちらの反応を窺うかのような赤い目に、一つも納得していませんって顔で返せば、重いため息をつかれた。

いやいやそんな、理解悪いなこいつみたいな顔されても困るよ。

第一、その答えだと私の疑問はちっとも解消されてないんだからね。

「もっと言えば、まあ……俺がおまえに感謝しているからだな。兄を助けてくれたろう」

後ろ首をさすりながらの補説に目をしばたく。

ファルス殿下を救ったのは、ほとんど奇跡とはいえ、事実ではある。

感謝しているから望むようにしてやりたいというのも、まあわからないでもないけど。

申し訳ないが、言葉を足されたところでやはり理解しがたいことに変わりはない。

だって、自分を助けた相手に惹かれるというならまだしも、兄弟の恩人だからって理由で婚約したいなんて普通思う？

私なら謝辞と贈り物で礼を尽くし、その後会ったとしても『その節はありがとうございました』で終わるだろう。それこそ、いただいた髪飾りで十分のはずだ。

……うーん……相手が超絶タイプだったら、これを機にお近づきになりたいと思わなくもない、のか？

「私の容姿が殿下の好み、だったり……？」

……うん、自分でもどうかという発言だったとは思う。

だからそんなドン引き丸出しの厳めしい顔はやめてくれ。

「じ、冗談で……」

「それならおまえはどうなんだ」

「えっ」

「おまえは、……この目をどう思っている」

まさかこっちにもふられるとは思っていなかったが、目に限定するということはタイプかどうかといった話ではないのだろう。

逸らされることなく見上げてくる、茶に近い赤い眼をじっと覗き込む。窓から差し込む春の暖かな日差しに照らされ、まるで荘厳な光をたたえる宝石のようだ。

えんじ色をした瞳孔から、淡い褐色を透かしたような虹彩が放射状に広がっている。縁を彩る銀の睫毛も相まって、ずいぶんと人目を引くことだろう。

「印象的だと思いますけれど？」

今のところ同じような赤い眼の人には出会っていないから、珍しい色味なのかな。

まあそもそも、日本人だった私からすれば今の自分の目の色ですらなじみが薄いんだけど。

「……周りの者から何か聞いたか？」

いいえ、とかぶりを振れば、殿下は小さく眉をひそめた。

「たいていの者にはこの目が奇異に映る。今でこそ黒みを帯びているが、幼い頃は鮮血のように赤かったからな。よほど恐ろしかったんだろう。凶兆だ不貞の子だと言われ、俺の存在は出生後しばらくの間、秘匿されていたらしい」

突如語られる殿下の身の上話にぎょっとする。

私が王家のお家事情に明るくないだけですでに公然の事実だとしても、殿下の心の深いところに触れるかもしれない話題に、何人も同席してよいとは思えない。

ナキアとカイルに退室をと視線を送ると、二人はすぐに察して音もなく動いた。

「なんだ、かまいやしなかったのに」

「私が落ち着かないのですわ」

自嘲気味に口元を歪ませるのを見るに、殿下の中ではまだ折り合いがついていないのだ。

きっと何か思うところがあってこの話を始めたのだろうけれど、突然すぎて私自身の受け入れ態勢も間に合っていない。

こんな重い話題、せめて憂いはなくしておきたいじゃないか。

「おまえの家ではこの手の話をしないのか？」

「ええ。我が家は放任ですので」

殿下との婚約には諸手を挙げて祝われたほどだったし、食卓を囲めば聞こえてくるのはいつだって両親ののろけ話くらいで、王家の黒い噂など一つも耳にしたことがない。

原作小説の記憶を大急ぎでさらってはいるものの、相変わらず仕事してくれそうにないしね。

「……本当におまえは王家に興味がないんだな」

「最近は書物で勉強しておりますのよ？」

王立図書館の本ではワイドショーもどきのお家事情まではわからないってのと、お堅い内容に辟易して思うように進んでいないのが現状ではあるが。

「城外には十分に周知されているわけではないからな、今はまだおかしな噂の方が多い。公式行事が多くなれば、そのうち浸透するだろうが」

そういえば、火事の野次馬が集まってきたときは殿下の様子に違和感を覚えたっけ。

初めて会ったときのかつらや帽子も、お忍びのために変装していたのかと思っていたけれど、それだけではなかったのね。

殿下がわずかに身をすくませ、形のいい頭が私のふとももを滑り、後ろ髪が乱れる。

胸の前で組まれた指は、不安定な心の内を示すのだったか。

噂で聞くよりは知っておけ、と続けられた内容は、輪をかけてシビアなものだった。

『三年前まで俺は城の外れにある離塔で育った。忌避か体面のためかは知れないが、父母が離塔を訪れたことは一度もない。寝込んだときですら、医者の姿を見たこともついぞなかったな。乳母に預けられたきりの俺に、会いに来てくれたのは兄だけだ。兄は俺に薬を与え、学を与え、剣術の稽古の相手をし、肉親の情とはどのようなものかをその身で示した。その上、勉学の合間をぬって書物を紐解き、俺のような容姿は突発的に生まれるものだということを証明してくれたのだ。おかげで俺は王家の一員となれた」

殿下が身をよじり、こちらへと向き直る。

赤い瞳が捉えたのは、ずいぶんと情けない表情だったろう。

痛ましいものを見るような眼を、向けてしまったかもしれない。

こんな話を聞いて、平静でいられるわけがないのだ。

「兄の息が止まったあのとき、俺は心の底から後悔したのだ。まだ何も返せていないと。だから、おまえには感謝している。これでもな」

——思い出した。原作小説では、孤独と重圧に耐える王子として描かれていたのだ。

殿下は私の一つ上だから、実に十二年もの間不当な扱いを受けていたことになる。

生まれてきたことを疎まれ、自分のことで母親を貶められ、兄以外の誰からも顧みられることのない日々は、どれほど過酷なものだったろう。

誤解が解けて第二王位継承者として認められ、日の当たる道に至ったとしても。

まるで掌を返したかのような周囲の対応になぞ、そう簡単になじめるわけがないのだ。

そんな中、突然唯一の支えであった兄を失ったとしたら……。

想像するだけで胸が苦しくなる。

ファルス殿下を助けられたことを、今ほど誇らしく思ったことはない。

「よく、わかりましたわ。お話しくださったことを嬉しく思います。殿下の恩返しが叶うよう、お祈りいたしますわ」

自然と湧き上がる感情のままに笑めば、殿下は一瞬だけ表情を硬くして視線を逸らした。

まるでばつが悪いかのような反応に少しの違和感を覚えるが、あんな話の後だ、気まずさもあるのだろう。

何はともあれ、これで私と婚約した理由は判明した。醜聞ごときにという昼間の言葉も、不当な非難を浴びていた殿下だからこその配慮なのだろう。

今、改めて思う。

生き方が、不器用すぎるんだよ……！

殿下をいちいち口うるさい、めんどうなやつって思っちゃってたでしょ。

ああだめ、もうだめ。私、この手の不器用な人にほんっと弱いんだよ。

放っておけないっていうか、じれったくてつい目が追っちゃうっていうかさあ！

顔を覆って唸ってしまいたいが、今そんな奇行をすれば不安にさせるだけだ。

……おそらくは今もなお両親との間にわだかまりがあるんだよね。

いたずらに不安にさせるくらいなら、いい思いの一つくらいしてもらいたい。

「そういえば。先日、国王陛下に全部筒抜けだったとお話ししましたよね。ファルス殿下をお救いした人物が私だと、陛下が気づかれたきっかけをご存じ？」

憮然とした顔でかぶりを振る殿下に、机の上の書類を指して示す。

「殿下が私の効果実証の書面にサインしたからですわ。まあ強要したのは私ですけれど、取り消すこともなくそのままにしておられたでしょう？　殿下ならば王家の威を案じずに安易な判断をすることはないと、断言していらっしゃいましたわ」

正しくは、小娘風情に転がされるように育てていない、だったか。

長いこと塔に閉じ込めておいて、たかだか三年で俺が育てたと言える陛下のふてぶてしさには閉口しちゃうけども、陛下がそう言いきれるのは、それだけギルベルト殿下が努力を積み重ねてきたからだ。陛下にはそれが十分に伝わっているってことだからね。

殿下は一瞬目を見張ると、自身の口元にそろそろと手を当てた。

「……そうか。それは悪いことをしたな」

ちっとも悪いと思っていそうにない声で言われてもなあ。

むにゅりと緩んだ私の口元は真下から丸見えだったようで、今度は殿下が半眼になる。

「なんだ、慰めたつもりか」

「あら、私は事実を述べているにすぎませんわ。きっかけをくださったのはファルス殿下であっても、今あなたが信頼を勝ち得ているのは殿下の人徳と努力の成果ではなくて？　過去に縛られ、反発し、自分の殻に閉じこもることの方が容易でしょうに、殿下はそうしなかった。前を向いている人は、積み重ねた結果である『今』を正当に評価されるべきだと私は思いますの。慰めなどではなく、単に知っておくべきことを申し上げただけですわ」

そこまで伝えると、殿下は目をしばたいてから緩く笑んだ。

「……そうだな」

皮肉るでもない久しぶりの素の笑顔に、こちらの表情までほぐれる。

持ち上がった手の甲が、ついと私の頰を撫でる。

まっすぐ見上げてくる赤い双眸に射すくめられ、自分でも頰の温度が変わるのがわかる。

「…………少し、借りていいか」

何をと問う前に体ごとこちらを向いた。私の腰へ回った手にゆっくりと力がこもる。

ふいに抱きつかれて固まる私のお腹あたりに、殿下がわずかに額を寄せ……。

その甘え下手なしぐさに、私はとうとう天を仰いでしまった。

母性本能ガン攻めなんですけど、このひとおぉお。

ドキドキさせたいのかキュンとさせたいのか、どっちかにしてくれ！

こっちの心の内を気に留める余裕なんてないのだろう、窮屈そうに縮こまる肩にそっと手を添える。自分の心を落ち着かせるためにも、呼吸に合わせてことさらゆっくりと背を撫でると、腕の力が次第に和らいでいった。

代わりに、殿下の頬にじわじわと赤みが差していくのがわかる。

おそらくは我に返り、どうやって腕を離したものかと逡巡しているのだ。

ほんっとかわいいなこの王子、どうしてくれようか。

想像以上につらい生い立ちで驚いたけど、だからこそ、遠慮なく甘えられる存在ってやつになれたらいいと思うのだ。包容力が、私に備わっているか否かはさておいて。

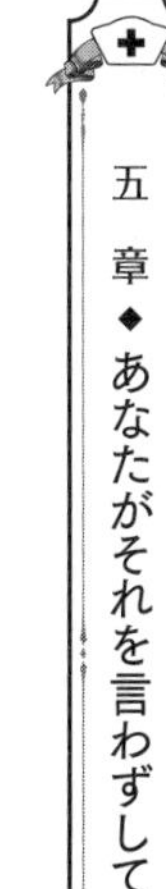

五章◆あなたがそれを言わずして

殿下を見送りに出る頃には、すっかり日が落ち、通りを街灯が照らしていた。

侍従たちとともに殿下の乗る馬車が見えなくなるまで見送っていると、ちょうど行き違うように一台の馬車が屋敷の前に停車した。

こんな時間にお客様かしらと怪訝に思う私の耳に、聞きなじんだ声が届く。

「リゼ姉さま！」

馬車から軽やかに飛び出してきたのは、三つ下の従弟のレヴィン・ツー・フォードだ。

私によく似た緑色の眼を細め、ふわふわの柔らかそうな栗毛を弾ませ駆け寄ってくる。

聖歌隊でソロでも歌っていそうな、天使と見紛うばかりの透明感。

暗がりの中、わずかな明かりに照らされていっそう天使感が増している。

「レヴィ?!」

従弟は私の両手を取り、駆け寄る勢いのままくるりと回る。

「急にどうしたの？」

領地からここまで半日はゆうにかかるし、こちらに来るという連絡もなかったはずだ。

驚きを露わに問いかけると、レヴィはいたずらっ子のような笑みを浮かべた。

「お父様の商談についてきたのです。姉さまご所望の品をお持ちしました」

ご所望の、との言葉に、数日前にレヴィ宛にと送った手紙を思い出す。

心肺蘇生法の習熟度を高めるための模型人形の製作を頼んでおいたのだ。

レヴィならなんとかしてくれるとは思っていたが、さすがに速すぎないか？

手紙が届くまでの時間と、旅程にかかる時間を差し引いたら、いくらも残らなくない？

「まだ試作品ですが、ご覧になります？」

「もちろんよ！　すごいわレヴィ、まだ数日なのに」

「姉さまたっての希望ですから、最優先ですよ」

はう……っ！　なんていい子なの……！

ふわふわの頭をかき混ぜるように撫でると、ひゃあと楽しそうな反応が返ってくる。

この非常に優秀で癒し力満載のレヴィは、実は『乙女ゲーム内の攻略キャラ』である。

原作小説において、主人公の扱う医療器具の設計開発と流通を担っていた人物だ。

領地にいたときはただただかわいくて優秀な従弟との認識しかなかったのだけれど、世界観を思い出したら合点がいったわ。

レヴィは齢七歳にしてこの世界にはなかった歯ブラシを、翌年には読書用に最適なアルガンランプの開発に至るなど、もうすでに発明家としての片鱗を覗かせていたのだ。

そのどちらも、私が困っているのを見かねてという優しい理由で。

むちゃくちゃいい子でしょう？

一時期ロータス本宅で共に過ごした経緯から、私を姉のように慕ってくれているのだ。

原作ではレヴィが養子に入って本当の姉弟になっていたような気もするけれど……まあ、おそまつな私の記憶だし、覚え間違いしているのだろう。

従姉想いの優しい子であることに加え、小説のエンディングではかわいい彼女ができていたから、対応に困って頭を抱える心配もない。

なんて喪女に優しい仕様なんだ……。

「それからこちらも。王都へ発たれる前、長時間の馬車がつらいと話していたでしょう？」

くんと腕を引かれ視線を向けると、そこにはさきほど乗りつけたばかりの馬車がある。

馬車自体は鉄と木を組み合わせた見慣れた形状だが、鉄製の車輪に巻かれた白い何かが街灯にぼんやりと浮かび上がった。

これ、……タイヤじゃないか？

前世でよく見る黒色でもないし、細かな溝や凹凸こそないが、この弾力は間違いない。

「ゴムという樹液を使った、タイヤというものです。衝撃を吸収するので乗り心地がずいぶん違いますよ。まだ耐久性に難はありますが、まずは姉さまにと」

「素敵ね！　これがあれば、楽に領地と行き来できるわ」

「実は、それが目的で作りました。これで、いつでも帰ってこられますよね？」

レヴィが小首を傾げて見上げてくるあざとかわいさに、私は打ち震えるのだった。


「こ、……これは……」


ご所望の品ですとの案内のもとお目見えしたのは、横たえられた石膏の胸像だ。

心肺蘇生用だから上半身だけでいいし、腕も不要だとは手紙に記したけれど。

なぜ、アポロンだかマルスだかを模した、妙に芸術性の高い代物になっているのか。

リアルさ皆無のチープ極まりない模型人形に慣れていた身としては、歴史的彫像物のような仕上がりに若干……どころではないほどの戸惑いを隠せない。

心肺蘇生用の模型人形って何だったっけ、と思考が宇宙への旅路に出てしまいそうだ。

傍らに控えたナキアとカイルですら、通常の石膏像とも異なる様相になんとも言えない表情を浮かべている。


「型取りが可能で量産しやすい石膏とゴムを用いています。胸元にはゴム風船を挟み、可動性を持たせました。喉元には空気を遮断するストッパーをつけ、首をそらすとストッパーが浮くしくみになっています。ちょうどタイヤの開発をしていたときにご依頼が来たので、転用してみました」

いかがです、との問いかけになんとか意識を取り戻せたけれど。

「いや……想像以上すぎて……」

ろくな言葉も出ない。

「二週間は滞在の予定ですので、調整も可能です。姉さま、仕様の確認をどうぞ」

人形の外見におののきながらも、いざ使用感の確認をと手を伸ばしてみる。

なんとも精巧な鼻をむにむにつまむと、ほどよい弾力とともに、鼻の穴に見立てた中のチューブが塞がるのがわかる。

唇部分にも穴が開けられており、チューブが通っているようだ。

首は張子の虎のようにぐらぐらだが、一定以上は後屈できないようになっている。

おそらく、実際の人の動きを見ながら考えて作ってくれたのだろう。

丁寧な仕事ぶりに頭が下がる。この時点で鳥肌ものだが、最も重要なのは機能性だ。

胸骨圧迫に対する耐久性に加え、正しい方法で息を吹き込んだときだけ胸に空気が入るしくみでなければならないのだ。いろいろ試してみるか。

人形の鼻をつまみながら顔を寄せると、ゴムのなんとも言えない臭いが鼻につく。

時間がたてば薄らぐかな。顔を近づけなきゃならない分、臭いについては要検討か。

そう考えながら唇を寄せていくと、くんと腕を引かれた。

「？　レヴィ？」

私を引き留めるレヴィの顔には必死さが滲んでいる。

「……何を、なさるおつもりですか？」

そういえば手紙では用途を伝えていなかったんだっけ。大口開けていただろうし、食べる気だとか思われたのかな。いやいや、いくら私でもそんなことはしないぞ。

「人形に息を吹き込むのよ」

「…………え？　いっ、いけません！　絶対にダメです……っ」

私の答えを耳にしたレヴィは、一瞬呆けたのちにすごい勢いで青ざめてしまった。

「石膏は少しでも口にすると危険なものなのかしら」

ゴムの方が安全なら、唇部分もゴムに替えてもらうべきか。

とはいえ、すぐに変更というわけにもいかないだろうしなあ。

「えっ！　そ、……そうですね」

「では、ハンカチ越しにしますわ」

ポケットからハンカチを取り出すと、レヴィはしぶしぶといった風に手を離した。

口を縦に大きく開けてハンカチ越しの唇を覆うようにかぷりと食む。

何度か息を吹き込んでみるが、胸板が持ち上がる様子はない。胸板部分が重いのではと外してみたところ、中に両の掌を広げた大きさほどのゴム風船が入っていた。

胸板を外した状態で条件を変えて息を吹き込んでいくと、人形の鼻をつまみ、顎をそらせた状態でのみゴム風船が膨らむことがわかった。

機能性は十分。問題はゴム風船のサイズだな。

紐で縛って確かめてみてもいいが、これ以上は顎がつらい。こう連続だと息も上がるし。

必死に息を吹き込み続けたせいで、酸欠なのかくらくらするわ。

サイズ調整を依頼しようと顔を上げ、傍らで様子を見守っていたレヴィを見やると――

これでもかってくらいに顔を赤く染め、口元を手で覆ったまま固まっていた。

ものすっごく検証以外の何物でもなかったと思うんだけど、今の光景のどこに照れる要素があるのか。

ファルス殿下を助けたときも、周りの反応が良くなかったのをぼんやりと思い出す。

さきほどの制止は素材の毒性を心配してのものかと思ったけれど、この様子では違うのだろう。

要するに、これもはしたないってことか。はあ、……やりにくいなあもう。

こんな調子では、この世界に普及するか不安だわ。胸骨圧迫だけに絞るか。

せめて医療従事者には人工呼吸の方法を覚えてほしいのになあ……。

「あの……リゼ姉さま、これはどういう、その……意図の……？」

「説明不足でごめんなさい。呼吸が止まった人を助ける方法を人形で練習したいのよ」

「中に空気が入ればいいのですよね。でしたら口で直接息を吹き込まなくとも、そういう道具を作ってみるのではいけないのですか？」

アンビューバッグか……！

手動で人工呼吸を行うための装置。そうだよ、ゴムがあればできるじゃない。

前世のような素材がなくとも、成型しやすいというのなら石膏で代用も可能だろう。

しくみに不安はあるが、まったく同じものを作る必要はないのだ。

ようは鼻と口に密着できて、空気を送り込めればいい。

「その方法で行きましょう‼ レヴィ、あなたほんっとうに天才よ！」

喜びのあまりぎゅうと抱きしめ、うりうりと頬ずりすると、腕の中のレヴィがひゃあと鳴いた。

「それはそれとして、ゴム風船は一度の吐息でこの胸板を持ち上げられるくらいの大きさがいいの」

調整を頼めるかしらとお願いすると、頬を赤らめたままかくかくと首肯する。

よし、次は胸骨圧迫の確認ね！

解決困難だと思われた問題に光明がさして楽しくなってきた。

模型人形の胸板部分に体重をかけて押し込むと、上にかぶせた形の胸板が沈み込む。

中のゴム風船によるものだろう、ほどよい弾力で押し返してくる。

こっちも素晴らしい完成度で思わず口元が緩む。あとは強度か。

「カイル、ちょっと試してみてくれる？」

突然話をふられたカイルがびくりと体を揺らす。

短い了承を述べ、人形の傍へと膝をつくカイルの頬はうっすらと赤い。

あなたね、人工呼吸が医療行為だってすでに知っているでしょうが。

今さら何を赤くなっているんだ。

それでも体はしっかりと覚えていたみたいで、ファルス殿下のときの要領で胸元を押し込んでくれた。カイルの力で押しても、人形はぎしりとも言わない。

「意図していた通りの作りだわ。強度も十分。あとは臭いかしら……もう少し和らぐと助かるわね。それ以外は何の問題もないわ。素晴らしい仕事ぶりよ、レヴィ」

「わかりました、すぐに取りかかりますね。臭いについては、僕も今検討中なんです。初めて嗅いだときは鼻がもげるかと思いましたから」

私が次々投げかける要求に、レヴィはまるで楽しい遊びのお誘いを受けたかのように目を輝かせている。

なんって頼もしいのかしら……！

感極まって抱きつくと、またしても腕の中で身を固くされてしまった。

……なぜだろう。さっきといい今といい、何か違和感を覚えるんだが。

領地では抱きつこうが顔をすり寄せようが、無垢な天使のごとき反応だったのに。

赤みが落ち着いていたはずのレヴィの顔は、早くもぶり返している。

人工呼吸を医療行為だと知らずに驚いたとしても、すでに理由は伝えたわけだし……。

ちらりと走らせた視線の先、渋い顔をしたカイルは、俺は言いませんよ、と返した。

ということは、また私が何かやらかしたのか？

し、しおらしさなのか？　えっ、どのへんが⁉

「どうぞ。寝室にいるわ」

夜が明け、日も高くなった頃。ノックの音に返事をするも、今は動くことができない。

「な、えっ……これは、いったい何を……？」

来客はレヴィだったようで、扉を開くなり戸口で固まっている。

それもそのはず。ベッド下にはインクの渇きを待つ紙面がずらりと並び、私のベッドの上には両手で顔を覆った半裸のカイルが身を固くして横たわっており、その両側には私と侍女が、手にした布をカイルに当てたまま静止。その様子をナキアがスケッチしているのだ。

いかな優秀なレヴィと言えど、この状況は理解に苦しむだろう。

「驚かせてしまったかしら。この場面の絵が、別で手がけている検証に必要なの」

効果実証で保清の方法を覚えてもらうのに、文字だけではわかりにくいだろうと思って。少しでも早く感染対策を整えるためには、こちらの準備も並行して進めていかないとね。

長時間のポージングで凝り固まった体をほぐすと、向かいの侍女も静止を解く。

解放されたカイルは跳ね起きるなり片膝をつき、大きく項垂れてしまった。

ずっと、何の拷問なんだってぼやいていたもんね……聞いてやれなかったけれど。

「ちょうどよかったわ。昨日話していた、手動で空気を送り込む装置の案を練ってみたの。時間のあるときにお願いできるかしら」

紙面を踏まないようにこちらへとやってくるレヴィへ、事前にしたためておいたアンビューバッグの仕様を渡す。わかる範囲で特徴やしくみをまとめたものだ。

「そ、それは、もちろんですが……」

ちらちらとベッドに視線を送るところを見ると、カイルの有様は同じ男として相当不憫なものだったらしい。まだ終わってはいないから、あと少し踏ん張ってほしいところだ。

「レヴィ、その手の中のものはもしや」

「ゴム風船です。小さくできましたよ」

はやっ。優秀すぎてしびれるわ。

私の拳大ほどになったそれへと息を吹き込んでみると、体積分以上には大きくならないものの、呼気分しっかりと膨らんだ。

「人形の方もゴム風船を入れる窪みを小さくし、膨らみに指向性を持たせてみました」

「いつもながら仕事が速くて本当にありがたいわ」

「臭いに関してもいくつか試してみてはいるのですが、こちらはまだまだですね」

煮出してみたりいろいろな薬品で洗ってみたりと思いつく限りのことはしているらしいのだが、思うような成果は得られないようだ。

「十分よ。レヴィが来てくれて本当に心強いわ。二週間と言わず、もっといてくれたらいいのに」

心のままに告げると、天使のごとき愛くるしさでほんわりと頬を緩めた。

アルファ波が出ている……疲れが霧散するわ……。


「呼吸の補助具を試作してみました」

「えっ！　……も、もう⁉」

そう言ってアンビューバッグの試作品を渡されたのは、なんとその日の午後だ。

お茶に誘おうとレヴィの作業部屋を訪れた私は、あまりの速さに目を剝いて固まってしまった。

「まずは竹とゴムで作ってみました。ゴム袋にコイルばねを入れてみたので、握っても手を離せば元の形に戻ります。竹は遠方の国から取り寄せた木材ですが、数は手に入らないので、形状が決まれば石膏で型取りをしますね」

内部を覗いてみると、L字に加工された継ぎ目部分にゴムの蓋がぶら下がっている。空気を送り込むゴム袋を握ってみると、こちらにもゴムの蓋が施されているらしく、空気の通りを一方向にしているようだ。

感動のあまり打ち震える私を、レヴィがそっと窺い見る。

「……これなら口づけなくてもよくなりますか？」

その優秀さに、天使っぷりに、健気さに。

「レヴィ!!　さすがだわ、まさしく思い描いた通りよ。これならばっちり使えるわ！」

たまらずぎゅううと抱きしめ、柔らかな頬に頬ずりする。

「リ、リゼ姉さま……っ」

こんなに優秀でかわいい従弟がいていいのか。いや、いてくれないと困る！

「もう私、絶対にレヴィなしでは生きていかれないわっ」

「ほ、ほんとうですか……？　本当に？　姉さま」

頷き返すべく顔を上げると、熱のこもった眼差しに射抜かれて言葉をなくす。

両頬を熱い掌がそっと包み、真摯な言葉が鼓膜を揺らした。

「姉さまのその言葉をずっと待っていました。僕も同じ気持ちです。これから先ずっと、僕だけのリゼ姉さまでいてくださいますか……？」

……………ん？　こ、これはいったい……？

思考が停止し、完全に固まってしまった私の耳に、硬質な音が届く。

部屋の入口からのノックの音だと気づき、視線を移すと――

「……どういう状況か説明してもらおう」

そこには、こめかみに青筋を立てたギルベルト殿下が立っていたのだった。

「…………私はどうしたらいいのでしょうか……」

「俺に聞くとはいい度胸だ」

ソファに項垂れ消沈している私に対し、殿下からの回答はにべもないものであった。

いや、まったくもってその通りなんですけども！

ここは以前、ギルベルト殿下が待機場所として利用した一室である。

あの後すぐに、婚約者殿に話があると腕を取られ、部屋の外に連れ出されたのだ。

部屋を出る間際に見た、鳩が豆鉄砲を食ったようなレヴィが脳裏によぎる。

その前の、真摯な、熱のこもった、どこか緊張した面持ちも。

あれはどう見たって……。

「さきほどの言葉は、やはり告白でしたよね」

「断言できない理由でもあると言うのか」

「……ただ少し、そうではないのではという希望を持ちたかったのですわ」

殿下は重いため息をつくと、隣にドサリと腰を下ろした。

もう本当にこいつどうしようもないなって視線をひしひしと感じる。

あの言葉が冗談じゃないってことくらいは私にもわかる。

思わせぶりな私の言動が原因なんだろうってことも。

ただ、年齢的にもこの先の展開を見据えても、レヴィの想いは淡い初恋のようなものだ。

これを私が、この恋愛音痴の元喪女でしかない私が!!

本来恋すべき未来の彼女さんへと、どう軌道修正させたらいいのか！

何にも思いつかないんだよおお……っ！

しかも、ギルベルト殿下が『俺の婚約者だよ』と言い捨ててきちゃったわけで。

この後レヴィのいる部屋に戻ったとして、『私この人と結婚するんです、うふふ』なんて、どんな顔で言えばいいんだ。

教えてくれよっ、頼むから……！

「そもそもあいつはおまえの何だ。なぜああなった」

「……従弟のレヴィンですわ。私が困っているといつも助けてくれる、非常に優秀で天使のような従弟ですの。虫歯を防ぐためにと歯ブラシを考案したり、夜の読書がつらくないようにとガス灯を改良してくれたり、長時間の馬車対策にと車輪を改良してくれたり、模型人形も呼吸の補助具もすぐに作ってしまいましたわ！　おじさまの船が沈み、一度は事業が傾きかけておりましたが、レヴィの発明で業績を伸ばしたほどですのっ！」

殿下の据わりきった目に我に返る。

途中から熱の入りすぎた、従弟自慢になってしまったことは認めよう。

握りしめていた拳を解き、こほんと咳払い一つで場を濁す。

「小さい頃から傍におりましたから、淡い初恋ではないかと。その……さきほどの状況は、優秀な従弟を愛ですぎてですね。私がレヴィなしに生きていけないなどと伝えたからかと……。私の配慮不足によるものですから、そのために悲しい顔をさせるようなことはしたくないのです」

ですからどうかお知恵を、と頭を垂れると、殿下は組んだ膝を指でとんとん叩いた。

「おまえの話を整理すると、あれはそれほど殊勝な子どもではないように思うが」

どこからそんな考えに至るのか、まったく理解できないのだが。

私の話、聞いていました？

「発明で家の窮地を救ったほどの才を持つのだろう」

「……ええ」

「それらはおまえのための発明であったと」

「そうですわ」

「他の誰かのための発明品はないのだな？」

「そのとおっ、……え。そこまでは、存じませんけれど」

勢いで返しそうになったが、私とてレヴィの発明品のすべてを知っているわけではない。嬉々として知らせてくれるものしか。

「そこのところはどうなんだ」

お茶の準備をしていたナキアに話がふられ、何でも詳しい自慢の侍女は恭しく頷いた。

「殿下のおっしゃる通りでございます。レヴィン様のご生家の業績回復は、リーゼリット様のお声かけによるものと記憶しております」

……………そ、そうだったの？

「それほどの才を持ちながら、家のために何かをなそうとは思わず、おまえの要望にのみ従事した。そうしてそれが良好な成果に結びついている。あれの家族はどう思うだろうな。息子の能力を引き出すためにはおまえが必須だと思うのではないか？　家の発展のためにも、おまえを手元に置いておこうとするだろう」

えええ……？　そりゃあ、おじさまからは何度か、『リゼ嬢がうちに来てくれたら華やかになるなあ』みたいな言葉は聞いたことがあるけれど。

あれはよくある親戚同士の酒の席での冗談でしょうに。

というか、幼少期の私のおてんばぶりを知っているおじさまたちが、本気で大事な息子との結婚を望むとは思えないのだが。

自分で認めるのも悲しいが、実の親が嘆くほどのアレだぞ。

「おまえは度重なる発明に、あれなしではいられないと感じたのだろう。申し出を断りにくいとも。……周囲を含め、意識を絡めとる用意周到さを感じないのか」

えええええ？　あの天使なレヴィがそんな計略を巡らすだろうか。

そんなことをせずともどうやって断ったらいいか困るのは目に見えているし、事実、レヴィなしにはこの先立ちいかないのだが。

……って、そうだよ！　これでレヴィが失意のために創作意欲をなくしてしまったら、この先私どうしたらいいの？　そっちも問題じゃん！

「殿下。私、レヴィなしには立ちいきませんわ」

「おまえの夢の実現のためにか」

理解が早くて助かる。打てば響くような殿下の反応に、こっくりと頷く。

「……俺は婚約破棄しないからな」

「私にもそのつもりはございませんわ」

そう答えると、据わったままだった目が一転、驚きに見開かれる。

え、何その心底意外だって顔は。心外なんですけど。

「……それならば、まあ、協力してやらんでもない。とりあえずおまえは正直な気持ちをぶつけてこい。話はそれからだ」

殿下付き添いのもと、さきほどの部屋へと戻ると、見るからに表情を曇らせたレヴィが背中を丸めていた。

そりゃそうだろう。相手が私なのは非常に申し訳ないが、告白したとたんに婚約者が出現したのだ。私が逆の立場だったら、捜さないでくださいと手紙を残して旅に出ている。

ぐっ、ごめんねレヴィ。なんとかして今日という日を幼き日の青春の一ページってやつに変えてみせるからね……！

項垂れるレヴィの傍にしゃがんで、そっと覗き込む。

瞳を潤ませ今にも泣きそうになっている姿に、良心がごりごり痛む。

「突然席を外してごめんなさい。レヴィの気持ち、すごく嬉しいわ。ただ、その想いは、私がレヴィを大事に思いすぎて、思わせぶりな態度をとってしまったせいだと思うの。婚約している身の上だというのに不誠実だったわ。レヴィが大きくなったら、私よりもずっと素敵な人に出会えるわ。だからそのときまで、その気持ちは大事に取っておいて」

……これが私の正直な気持ち。

これ以上はもう搾りかすすら出ない、精いっぱいである。

「リゼ姉さまは、その素敵な人がギルベルト殿下だと、心を決めてしまわれたのですか？」

ぶうんと唸りを上げ、すごい勢いで戻ってきたブーメランが頭に突き刺さる。

ですよね……三つしか離れていないのに、この言葉では説得力など皆無ですよね……！

初手からもう躓いているんですが、これいかに。

救いを求めてちらちらと見やると、殿下には珍しく軽薄なため息を零した。

違和感に思わず目を丸くした私の手首を取り、ぐいと引き寄せる。

「ひどいな、リーゼリット。俺の魅力は一つも伝えてくれないのか？」

よろめいた体を背後から抱き留められて、一息飛びに近づいた赤い眼を見やる。

逸らすことなく見つめてくる殿下は、ツンデレをどこに置いてきちゃったのと言わんばかりの態度だ。

思わせぶりに手首の内側をなぞられ、いつかのように唇を寄せてくる殿下に――

「ひょわ、あぁっ」

変な声が出た。

「――っは、本性が出たな」

楽しそうに口の端を上げる殿下の視線を追うが、そこには常と変わらず天使のような笑みを浮かべたレヴィがいるだけだ。

本性とは、と首を傾げそうになる私の耳に、聞きなじんだ柔らかな声が届く。

「権力願望の強い世間知らずのご令嬢なぞ、その辺に山ほどおりましょう。ギルベルト殿下には、そちらが似合いですよ」

……目と耳から得た情報が一致しないのだが。

今しがた耳にした言葉がレヴィの口から出たものだとは信じられず、レヴィの後ろに誰か隠れているんじゃないかと首を伸ばして見てみるが、当然ながら誰もいない。

えっ、ど、毒？　毒吐いたの？　今の、え、あのレヴィが??

「リゼ姉さまのまとう雰囲気が変わられた原因がようやくわかりましたよ。世俗に疎い姉さまをたぶらかして、ずいぶんとご立派な王子がいたものだ。殿下は姉さまを不幸に導くつもりとみえる。リゼ姉さま、『赤眼の第二王子』など苦労する未来しか見えませんよ」

棘なぞみじんも感じさせないほんわりとした笑みだが、言葉の内容は辛辣なものである。

え、ちょ、待って、レヴィ。この方、この国の王族だからね！

私も失礼な態度とっちゃってるときはあるけど、その言葉はさすがに一国民として禁句なんじゃないの?!

「えっと、レヴィ？　まだあまり知られていないけれど、殿下の容姿は忌避されるようなものではなくてね……」

「ええ、存じておりますよ。海の外でも見かけることがありますからね。……それでも世間の評価がどんなものなのか、王子自身が知らないはずはないでしょう」

青い顔で殿下を見やるが、表情はいたって静かで、怒りや憤りは感じられない。

「僕なら姉さまの願いは何だって叶えることができます。自由にのびのびと、健やかに。僕の発明で日々を快適に過ごすことも、船で各国を旅して回ることも。実に姉さまらしい生活を保証します。もし殿下とご成婚されたとして、リゼ姉さまの望む生活が得られるでしょうか」

気心の知れた天使なレヴィとニコニコ癒しのスローライフは、これ以上ないほど魅力的な余生だけれど、領地に戻るか国外に出れば、この先起こりうる事象は回避できない。

――それならば、答えはもう決まっている。

私にも助けられるかもしれない人がいるのに、背を向けることなど選べはしない。

それに、私はこのどうにも不器用で、不遇な過去にとらわれたままの殿下を放り出すようなことはしたくないのだ。

「レヴィ、私は――」

「リーゼリット」

心に決めた答えを紡ごうとして、殿下の制止に言葉が宙に浮く。

「レヴィンとか言ったな。ずいぶんな物言いだが――それほどまでに自信があるのなら、その自慢の才で奪い取ればいいだろう。リーゼリットが心からおまえを欲するのならば、考えてやらないでもない」

殿下が国王を彷彿とさせる不遜な笑みを見せると、ついにレヴィの笑顔が剝がれた。

「その言葉、忘れないでくださいよ」

火花を散らすという言葉はこのためにあるのか。目の前で繰り広げられる光景に、当事者であるはずの私は置いてきぼりを食らって、ただぽかんと立ち尽くしていた。

これ、私はもう何も言わない方がいいのか……？

衝撃やら当惑やらで放心状態の私であったが。

行くぞ、との殿下のお達しに、引きずられるようにその場を後にした。

「あの様子なら、おまえの夢を叶えるために協力は惜しまないだろう。おまえが懸念していた意気消沈ということもなさそうだが……どうだ？」

ほんとだ……すごい。なんとかなっているわ。

殿下の煽るような発言は、私が目的を果たせるようにと、悪役を買ってくれたものだったのか。

「ありがとうございます。殿下のおかげですわ。焚きつけられたとはいえ、レヴィがたいへん失礼いたしました」

「このくらい慣れている」

一国民であるレヴィの心無い言葉に傷つかないはずはないだろうに。

なんてことないように話す殿下に、胸にもやもやとしたものが残る。

「……ところで、本日はどのようなご用向きでしたの？」

「おまえが言ったのだろう、セドリックとやらの見舞いに行くと」

そういえば、同席するとかなんとか。

城には来ないくせにと文句を零しながらも、忘れず来てくれたのか。

律儀だなあ、とほっこりした私は。はたして思い出したのだ。

『レヴィが本来の想い人へと向かえるように支援してほしい』と殿下に依頼しなかったせいで、そちらへの軌道修正を図ることができなかったということに。

小一時間ほど前に戻ってやり直すには、レヴィに何を頼めばいいんだろうね？

「まあ……殿下」

殿下とともにヘネシー邸を訪れると、夫人は目を丸くして出迎えた。

「企画書に名を連ねている者として、ご子息の見舞いに同席を頼みたい」

「セドリックはまだ寝込んでおりますの。殿下に風邪を移してはなりませんわ」

「もしや、悪化されたのですか？」

「いいえ、悪化というわけでは。目を離すと研究室にこもってしまって、今ようやく眠ったところですのよ。ですが、せっかくお越しいただいたのですもの。代わりに病院を見学されてはいかがかしら。手術室の見学を希望されていらっしゃいましたし、先日は清拭の手順について気にしていらしたでしょう？　実際にご覧になった方がよいのではないかと、気になっておりましたの」

なんて素敵な心遣いか。ヘネシー夫人の提案に、一も二もなく頷く。

見舞いの品を夫人にお渡しして、代わりに看護師長宛の紹介状を受け取る。

案内の侍女までつけていただき、殿下とともに馬車に揺られる。

到着したのは三階建てのレンガ造りの建物だ。

併設施設には医学院もあるらしく、格調高い造りになっている。

前世のような数人単位の病室ではなく、大きな部屋にベッドが二十近く並ぶ。

全部で八つある病室は男女別にはなっているようだが、診療科の区別どころか、大人も子どもも入り交じっていた。

患者は自分で動ける者とそうでない者と半々といったところか。

必要な物品やカルテの保管期間など、検証を実施する上での確認事項を一通り調べ終え、看護師長に勤務状況を確認する。

「シーツや寝衣は、誰がどのタイミングで交換を？」

「主に看護婦が。退院したときとひどく汚れた際に取り換えております。もっぱら身を起こせる患者に限られますが」

「看護婦はほかに、どのような仕事を？」

「医者が診療に使用する物品の準備と片付け、掃除に洗濯、排泄の手伝い、食事の準備に配薬など多岐にわたります。日中は修道士が患者の呼び出しベルの対応を手伝ってくれていますね」

ひええ……分業されていない時代の看護師の仕事ってこんな感じだったのかな。

思った以上にやること満載だわ。昼間は一部屋につき四人の看護師が担当しているというが、分業せずにこの比率はむちゃくちゃ忙しいのでは。

「本来、看護とは女子どもが家庭で行うものですから、賃金も高くはありません。望んでこの職に就く者は数えるほどしかおりませんよ。ひどいところでは、昼間から酒びたしになる者や、呼び出しのベルすら隠してしまう者も多いですから」

……その状況では職業倫理も何もあったものではないな。看護師の待遇改善、専門職としての知識や技術の向上なしに、保清の受け入れ体制なぞ望むべくもなし、か。

検証結果次第で、増員や昇給という待遇改善まで持っていけるだろうか。

だとしても、知識や技術をどう伝達するよ。

成人もまだの令嬢が、望んでこの職に就いたわけでもない相手に。

一人考え込む私の傍らで、師長がちらちらと隣を窺っている。

視線の先は、護衛のふりをして控えている殿下だ。変装用に黒髪のかつらを着けてはいるが、態度があまりに不遜すぎて護衛には見えないのだろう。

「何か？」

「い、いいえ……。院長夫人から、手術室の見学をと伺っております。ご案内します」

念願の手術室見学……！

四十パーセントの死亡率とはどんなものかと向かったのだが……まさか、これほどとは。

血の痕が染みついた木製のベッド。そこに横たわる患者の目はうつろで、涎を垂らし。

火鉢で熱された手術道具はところどころ赤錆びている。

ベッドを取り囲む医学生はおろか、手術を行う医師たちですら私服だ。

紐で圧迫した脚に、消毒薬と思われる液体がびしゃりとかけられ。

真っ赤に灼けた刃が脚に触れたとたん、獣のような呻き声が上がる。

人体の焦げる、あのすさまじい臭いが鼻につく。

助手らしき人が跳ね上がる体を押さえつける中、医師は一心不乱に刃を滑らせ――

ちょ……っと待ってくれる？

麻酔かかってないよね、この人。薬は何を使っているの？

下腿切断を、手袋もマスクもなしでやるとか正気？　手術衣という概念もないの？

しかも今足を削っているそれ、錆びているんですけど⁇

これがこの国の外科治療……死亡率四十パーセントの世界か………。

何もかもがひどすぎて、めまいを覚えてふらついた体を、傍にいた殿下が支えてくれる。

殿下にもこの光景は衝撃だったのだろう、肩に触れた掌は細かく震えている。

大の大人でも卒倒必至のこの状況下で、私を守ろうとしてくれているのだ。

ここで私が倒れるわけにはいかんでしょ。

脚を踏ん張り、背筋を伸ばし、安心させるように殿下の手に掌を重ねた。

重ねた掌から、自分の手がひどく冷えていたことに気づかされる。

落ち着け、整理しよう。ひとまず、加熱による器具消毒は行われている。

肉の焦げる臭いは電気メスを使っていたって同じことだし、焼くことで止血にもなるの
だから合理的だ。手術部位の消毒の概念もある。足りないのは十分な麻酔薬と清潔意識。

次の検証には手術室の環境を予定していたのだ。目標が明確になったと思えばいい。

ただ、この状況では外科患者に対する保清の効果はほとんど見込めそうにないな。

保清の検証は有効性評価を下方修正して、レヴィに手袋の作成を依頼するとしよう。

一つ長く息を吐き、再び目を開けると、めまいはすっかりおさまっていた。

指の先まで血が行き交うのがわかる。どうやら殿下の手の震えも落ち着いたようだ。

こうして互いを奮い立たせながら、なんとか手術見学を乗りきったのだった。

「殿下、ありがとうございます。おかげで乗りきれましたわ」

「別にこのくらい、なんてことはない。おまえこそ、よく耐えた方だと思うが」

　手術室を出たところで礼を告げ、それは褒め言葉なのかと楽しくなっていると、『殿下』という言葉に反応したのか、傍にいた看護師が手に持っていた器具を取り落とした。

　ちょうど足元へと滑ってきた器具を、殿下が拾おうとしてかがむ。

「触らないでっ！　……くだ、さい」

　突然の大声に驚いてその看護師を見やると、怯えきった顔をこちらに向けている。

「……自分で、拾います」

　そうは言うが、縮こまったまま近づいてくる様子はない。

　初めこそ看護師の態度を訝しむばかりだったが、唐突にその原因に思い至った。

　そうか。これが、市井の反応なのだ。

「仕事の邪魔をしたな」

　殿下は表情を変えることなく、私の背を促すこともせず、一人踵を返した。

　足を速めることも、俯きもしない。

　こんな反応に慣れているっていうのか。

　やりきれなさを感じながら、誰にも心中を悟らせようとしない、姿勢よく伸びた背中を追うのだった。

帰りの馬車に揺られ、今後の算段を練る。

ひとまず手指消毒と手袋の普及は急務だ。

術後経過を良くし、医療者自身の健康を守り、看護師が専門的な職業として確立できる。

うまくすれば看護師の待遇が改善し、学習や仕事への意欲向上につながるかもしれない。

……その中で、殿下への誤解だって、きっと。

病院での様子を思い出すたび胸がもやもやする。

仮にも医療に携わる者が、世間の噂を信じてるってどうなの。

ギルベルト殿下が正当な出自であること、忌避すべき対象ではないことをファルス殿下が流布してくれたらしいのに、医療者が率先してそれを広めずしてどうするんだ。

まさか、師長のあの視線も、理解不足によるものじゃないよね？

……これが、この国の病院の現状か。いろいろな意味で先が見えないなあ。

思わずくたびれたため息をついてしまう。

「嫌になったか」

気が遠くなっていたのを悟られたかと、慌てて居住まいを正したのだが。

「俺への評価を、目の当たりにしたろう」

言葉の意味があさってすぎて、ぽかんと口を開けたまま固まる。

殿下は表情こそ変わらないものの、膝の上で固く拳を握りしめて返答を待っている。

何今の。私が、殿下の婚約者になったことを悔いているってこと……？

「なるわけないでしょ⁉」

驚きを露わにされることに、こっちがびっくりだよ。いったい何を誤解しているんだ。

「私があれに何か思うとすれば、医療者のくせにと呆れるくらいですわ。あれは殿下個人への正当な評価ではないでしょう。何も知らない者が、知ろうともしないで勝手に言っているだけのこと。これから公式行事に参加するのでしょう？　そこで多くの者が殿下の言葉を、行動を、人となりを知る。幻滅するかどうかなど、その先の話でしてよ」

三年。離塔から出てまだ三年なのだ。

不当な扱いを受け、世間の白い目にさらされ、不確かな足場に自信が持てないのか。

それで周りから人が離れていくとでも思っているのか。

心配しなくてもねえ、私は離れないいし、挽回の機会なんていくらでもあるんだからね！

「今に見てなさい、殿下に『俺の婚約者でよかっただろ』って言わせてみせますわ！」

鼻先どころか、むしろ鼻っ柱に指を突き立てる勢いで宣言すると、殿下は目を白黒させて呟いた。

「……俺が、それを言う、のか？」

当たり前である。

『俺の婚約者でよかっただろ』と俺自身に言わせるという謎すぎる強気な宣言を受け、それまでの緊張の反動か、どっと力が抜けた。

こいつはそういう奴だった。周囲の評価になど惑わされない。

確固たる意志を持ち、どんな場所にも果敢に挑んでいく。

ペースは乱され、令嬢らしからぬことばかりだが、こいつのことを知れば知るほど——

知らず項垂れていた頭に、そっと掌が触れる。髪を梳かれ、優しい声が鼓膜を揺らす。

「安心してくださいまし。これまで、殿下に幻滅したことなど一つもありませんわ」

——知れば知るほど、惹かれていく。

いつかのように細腰に腕を回しそうになり、つめていた息を吐く。

こいつは兄に並び立つ次期王妃となる令嬢で、決して俺のものにはできない。

ともすると曖昧になりがちな、こいつとの距離感を自分に戒める。線引きを誤るな。

俺は忌まわしき赤眼の第二王子で、国のため兄のために、この評価とともに生きていくと決めたのだろう。

「……気を遣わせた」

項垂れていた身を起こし、手を下ろさせると、澄んだ緑の目とかち合う。

生い立ちを明かす前と変わらぬ、曇りのないその目が緩く弧を描く。

俺はそれに何一つ返せず、車窓の向こう側を見るにとどめた。

病院から帰宅し、自室へと向かう途中、レヴィとの一件を思い出して一人唸る。

衝撃的なことが多すぎて、レヴィへの対応をどうすべきか何にも考えていなかった……。

こっそり作業部屋の前を通りかかると、開いていた扉の奥から、こちらに気づいたらしくレヴィが振り返った。思わずぎくりとした私のところへ、樽を手に駆け寄ってくる。

「姉さま！　その……改めて今朝はごめんなさい。殿下に失礼な態度をとってしまって。姉さまも驚かれたでしょう？」

時間がたって落ち着いたのか、今のレヴィは普段通りの穏やかさに戻っている。

あの毒舌ぶりには驚かされたが、私を心配してのものだったわけだし。

生粋の癒しっ子も、失恋のショックと殿下の軽薄な態度にこらえきれなかったのだろう。

私がふがいないばっかりに……申し訳なさしかない。

淡い初恋を断ち切ることはできなかったけど、なんとか軌道修正してみせるからね！

「少し驚きはしたけれど、私は大丈夫よ。私こそ、レヴィの想いに応えられなくてごめんなさい。殿下には、今度お会いしたときにきちんとお詫びするのよ？」

こくりと頷くいつも通り素直なレヴィの様子に胸を撫でおろす。

気がかりが払拭されたことで、レヴィが腕に抱えている樽へと意識が向いた。

「――これは？」

中には白い液体が入っている。へらが刺さっているのを見るに、これでかき混ぜていたようだ。ゴム特有の臭いはしないから、別の素材なのだろう。

「試作した竹細工から石膏の型取りをしているところなんです。ご覧になりますか？」

見ないという選択肢などない。こくこくと頷き、作業部屋へと上がり込む。

レヴィは木枠の中へと混ぜてどろどろになった液体を注ぎ、その上に縦割りした竹細工を押し込んでいく。竹細工の内側にも石膏液を流し、表面を平らにならしていった。

レヴィの手元をしげしげと眺めていると、作業を終えたらしく小さく微笑む。

「この型がある程度固まるのを待ってから、製品を型から外しやすくなるようにいくつかに細分化します。模型人形はもう一度木枠に型を納めて石膏を流し込んで作りますので、完成までに数日かかりますね」

石膏はこんな風に段階を踏んで作るものなのね。思ったより時間がかかる。

「レヴィは、王都滞在中におじさまの商談について回る予定なのかしら。手が空いたらでよいのだけれど、実は手袋の制作も依頼したくて。普段使いのものでなく、ゴムを使った縫い目のないものがほしいの。その、いくつも頼んでしまって申し訳ないのだけれど」

「ゴムの手袋ですか？　またおもしろいものを考えますね。もちろん、かまいませんよ。商談への同席予定はありませんし、姉さまの願いを叶えられることが一番の楽しみなんですから。いつでも僕を頼ってください」

「……ありがとうレヴィ」

なんていい子、と思わず手を広げてしまったが、抱きつくわけにはいかないのだと踏みとどまる。ぎしりと固まってしまった私を見るや、レヴィはしょんぼりと肩を落とした。

「できましたら……いつも通りにしていただければと。姉さまに力いっぱい喜ばれるのも、褒めていただくのも僕の楽しみなので、なくなってしまうと悲しくなります」

うぐぅ、これは精神的にくるな……。

「がんばってよかったなあって思えるので……」

ぎゅうと握りしめた手が小さく震えている。

ですからどうか、と頼む姿が本当にいじらしい。これを突っぱねられる輩がおろうか。

そろりと頭を撫でると、伏せられていた瞼が上がりふんわりと笑みを深くする。

くうぅ、かわいいぃ……のだが、これは大問題である。

私、レヴィのお願いにものすごく弱いのだ。

このままではスローライフ待ったなしになる。
しかも、こんな風にぐらぐら揺れていては、レヴィのためにもならないだろう。
これは、……なんとしてでも早く本来の彼女さんを探し出さねば。
私がなんとかしてみせるからねと、もう何度目かになる決意を胸に抱くのであった。

六　章◆悪役もおじゃま虫もご勘弁

「王妃教育はどう？　エレノア嬢のことだから、無理をしてはいないかと心配で」

「ありがとうございます。慣れないことも多いですが、少しずつ進めておりますわ」

その健気な様子にテーブルの上の小さな手をそっと握ると、エレノア嬢は控えめな笑顔を返し、睫毛を揺らした。

ひらひらと蝶が舞う、色とりどりの花を臨むサンルーム。

かわいらしいテーブルセッティングに、幸せいっぱい夢いっぱいのお菓子。

目の前には、まるで一対のお人形のようなファルス殿下とエレノア嬢がいて。

リーゼリット・フォン・ロータス、空気と化す。

………私、帰ろっかな。

完全におじゃま虫状態なのだが、そもそも正規の客は私である。

セドリック様の研究への協力を仰ごうと、事前にエレノア嬢を訪ねる約束をしていたのだ。

定刻通りに訪れたところ、門扉の前でファルス殿下と行き合ったのだが……出迎えたエレノア嬢の驚いた様子から察するに、どうやら殿下はアポなしだったらしい。

そういえば、ギルベルト殿下にも突撃訪問しかされていないしな……この兄にしてあの弟ありか。

エレノア嬢は先約だった私の方を気にしてくれるそぶりを見せるのだが、久々に会うのか、話の途切れないファルス殿下をおざなりにはできないのだろう。

大丈夫だよ。二人の仲がいいにこしたことはないのだし、空気にだって進んでなろう。

ただ、本題に移ろうにもファルス殿下の前では切り出せないのが難点か。

お茶の間でテレビドラマに興じるがごとく、用意されたお菓子をつまみ、目の前で繰り広げられる光景をぼけっと眺めていたのだが。

さっきから二人の会話がなんとなくかみ合わないような……気がしないでもない。

「王妃教育も大事だが、根をつめすぎてもよくない。気晴らしにまた城へおいで」

「そうですね、そのうちに」

といった具合で、エレノア嬢が殿下の誘いをのらりくらりとかわしているように思えるのだ。傍で話を聞いている限りでは、気球の事故以降登城していないようだし。

よほど王妃教育が忙しいのか、事故がトラウマになってしまったのか、考えたくはないが退場フラグなのか。

ファルス殿下もそれを感じ取っているのだろう、ご尊顔が曇る。

「……気球では危ない目に合わせてすまない。一度は君に救われた命だ。今度は君を守ると誓ったというのにろくに動けず、怖い思いをさせてしまった」

わ、わっ、忘れていた――――っ！

墜落炎上騒ぎでそれどころじゃなくなっていたけれど、この問題があったんだ！

「そのような……ことは」

エレノア嬢はどうにか返答しているが、手も声も震えてしまっている。

「それとも何か気に障ることをしてしまっただろうか。至らぬところがあれば直そう」

今っ、まさに今、しているんだってば！

だからといって、私がその話題はやめましょうなんて言えないし……。

「エレ……」

「ちょっ……と、お花を摘みに行きたいのですけれど！」

これ以上は聞いていられぬと立ち上がり、エレノア嬢に向き直るなりその手を取る。

「エレノア様、案内を頼めるかしら」

「……はい」

エレノア嬢を引き連れ、急き立てるようにその場を後にする。

扉が閉じられる前に横目で確認した殿下は、ものすごくあっけにとられた顔をしていた。

そりゃそうだよね、これ以上ないほど切実な話を断ち切られた上に、せっかく会えたエレノア嬢を連れて行っちゃうんだもん。トイレの場所くらい侍女に聞けよって話だろう。

マナーもなければ常識もない。驚きのおじゃま虫でしょうとも。

でもね、さすがにこの状態を黙って見ていられるほど私の神経は図太くないんだってば。

サンルームを出ていくつかの部屋を過ぎたあたりで、エレノア嬢はこらえきれずにわあと泣き出してしまった。

つらかったね。ご、ごめんね。

いろいろありすぎてすっかり忘れていた上、ろくなフォローもできなかった。

頼りない、と、とと、友達でごめんね。

とはいえ、ここで私が謝るのもおかしな話だろうし……。

何と言ってよいかわからず、さめざめと泣き崩れるエレノア嬢の背に手を差し伸べようとしたのだが。

「申し訳ありません。すべてファルス殿下にお話しいたしますわ」

涙ながらの訴えに、その手が止まる。

……なぜ私が謝る方でなく、謝られているんだ?

し、しかも、すべて殿下に話すというのはつまり、その……。

戸惑う私を、きらきらと真珠のような涙を流す瞳が映す。

「リーゼリット様が、殿下を救われた本当のご令嬢なのでしょう？」

……あ、これ……恐れていたヒロイン退場フラグだわ……。

さあっと血の気が引き、足元の地面がぐわりとたわむ。

こ、このままでは私が王太子妃候補に躍り出てしまうのか？

想い合う二人を阻む、じゃまな令嬢として君臨してしまうのか⁇

どうする、どうする？

いや落ち着け。小細工など不要、私にできるのはいつだって力押しのみよ！

「エレノア様！」

説得を試みるべく両肩を摑むと、エレノア嬢は小さく悲鳴を上げて身をすくめた。

可憐なお顔はすっかり青ざめ、まるで子ウサギのように怯えた目を向けてくる。

え、なんでこんなにビビられているの。

ちょっとつり目気味なのは認めるけど、そんな般若顔はしてないはずだぞ。

「お怒りはごもっともでございます。どのような罰でも……」

震える両手を指先が白むまで組み、祈るように必死に訴えられる始末。

罰も何も、怒ってなんかいないし、私は何も謝られることなんて——

いや、まてよ。今日の訪いはエレノア嬢からしてみれば、いつまでたっても訂正しないことに私がしびれを切らして責めに来たようなものになるのか？

と思っている？

偶然一緒になっただけのファルス殿下も、私が焚きつけたとか、示し合わせて来たのだ

さらに言えば今の状況は『ちょっとツラ貸しな、サシで話そうや』ってやつなのか⁇

うそでしょ、そんなことってあるぅ⁈　それだと私、まがうかたなき悪役令嬢じゃん！

そりゃあ確かに悪役令嬢枠として生まれ落ちはしましたけどね、ヒロインの邪魔をする

つもりはこれっぽっちもないんだってば！

「あ、や……違、っ」

力いっぱい否定したいのに、動揺しすぎてろくな言葉が出ない。

「いいえ、リーゼリット様に間違いないですわ。殿下のお命を救われたときこそ、お顔ま

ではっきりと覚えてはおりませんでしたが、思い当たる節は多々ございます。気球から逃

れた際に、胸のお怪我の痛みをすぐにとってしまわれたでしょう。私の持ちうる術では、

どうすることもできなかったのです。殿下が馬車に轢かれたときだって、ただ遠巻きに見

ていただけ。気球でも、何をすればよいのか思いつきませんでした。お茶会で軽率にも殿

下にお声をかけたばかりに、このようなことになってしまって……ファルス殿下にダンス

に誘われ、熱い眼差しを向けられて、舞い上がっていたのですわ。殿下のためを思うので

あれば、すぐに訂正すべきでしたのに。機を逸してしまったのです」

はらはらと涙を零しながらのエレノア嬢の独白に愕然とする。

私が逃げることしか考えていなかったせいで、ずっとエレノア嬢を悩ませていたのだ。

今日まで明かさずにいてくれたのをいいように捉えていたけれど、国王陛下の言葉や家族の期待など、いろいろなものにがんじがらめになっていたのかもしれない。

今また、私は力押しでやりこめようとしていた。

我が身かわいさのあまり、私だとバレないように言いくるめるつもりだったのだ。

けれど、この状態のエレノア嬢に、どうして偽り交じりの説得ができようか。

「……おっしゃる通り、……あの日の令嬢は私ですわ」

私の告白にエレノア嬢はやはり、という眼差しを向け、静かに瞼を下ろす。

審判を待つかのようなエレノア嬢に、私は唇を引き結ぶ。

だからといって非難しに来たわけではないんだ。そこはわかってもらわねば。

「けれど、本日こちらへ参りましたのは、エレノア様を責めるためでも、私の功績だと言い張りに来たのでもありません」

私の言葉が意外だったのだろう、エレノア嬢は驚きとともに睫毛を揺らした。

「もし私が名乗るつもりならば、殿下をお助けした時点や、お城でのお茶会の時点でそうしております。お茶会の挨拶では、私の順番はエレノア様の前でしたのよ」

「……あ」

エレノア嬢が瞬きするたび、ぱたぱたと雫が舞う。

「お恥ずかしいことに、私はファルス殿下に悟られまいと逃げたのです。エレノア様が殿下に打ち明けられるというのでしたら止めはいたしません。でもその際には、どうか私だとは明かさないでいただきたいのです。私がお慕い……しているやもしれない、のは、その、……ギ、ギルベルト殿下ですので……」

この手の話題はいつだって慣れる気がしない。

気恥ずかしさといたたまれなさに、顔が熱くなってしまうのはどうか見逃してくれ。

「私がギルベルト殿下と過ごした時間と同じだけの日々を、お二人は過ごされたのでしょう。きっかけはどうあれ、それらの日々を通してファルス殿下が心奪われているのはエレノア様ですわ。傍にいる資格というものが必要だとしたら、それは互いを大切に思う心ではないかと思いますの」

ファルス殿下との日々を思い起こしているのだろうか、私を見上げるエレノア嬢の瞳が戸惑いに揺れる。

後ろめたさなどに縛られず、どうか前向きに過ごしてほしい。

「それでもなおお悩みでしたら、私の頼みを聞いてくださらないかしら。実はそれが本日こちらを訪れた理由なのです。ヘネシー家のご子息が新薬を作っていらして、エレノア様のお力をお借りできればと。お手伝いしたくても私ではお役に立てそうにありませんの」

「そのようなこと……私にできるとは思えませんわ」

「いいえ。先日ふるまっていただいた紅茶は、エレノア様がこれまで培われた知識の一端だと感じましたわ」

今この地にある料理も材料も、かつて身近にあったものとはかけ離れている。

加えて、ハーブにもそれらを用いた治療にも疎い私には荷が重すぎる。

ファルス殿下の件がなくても頼もうと思っていたのだ。

これをきっかけに、自信を持ってもらえたら。

「異国の言葉に『医食同源』というものがございます。日々の食事が健康をつくるという考え方ですの。エレノア様の培ってきた知識や、それらをもとにした考えは、きっとこの先、人々の暮らしやファルス殿下のお体に良い影響を与えることでしょう。私はその様子をお近くで拝見したいですし、教えを乞いたいわ。代わりに、私からも殿下が息を吹き返した方法をお伝えいたします。二人で共に学び合いましょう？」

さっきよりは顔色の良くなったエレノア嬢を見つめ、ドキドキしながら反応を待つ。

お願い……っ、うんと言ってください！

「……私、たいへん失礼な誤解をしておりましたわ。罪の意識で正しい判断もできなくなっておりました。いつだってリーゼリット様はお優しい方でしたのに。私、精いっぱい励みますわ。ファルス殿下の隣に、自信を持って並び立ちたいのです」

う、うそ……やった、やったよ！

誤解も解き、エレノア嬢をペニシリン製造に引き込むことに、成功しましたー！

心の中で鐘が鳴る。サンルームに残したままのファルス殿下の存在をすっかり忘れ、エレノア嬢と手を取り見つめ合うのだった。

「何これ」

棺に安置された遺体のごとき模型人形を一瞥すると、セドリック様は不快感を如実に示した。

「本日使用を予定しております、模型人形ですわ」

「もう少しどうにかならなかったの」

見た目か臭いか、その両方か。その指摘には、乾いた笑いを返すしかない。

上半身だけの石膏像が、まるで弔われるかのように木箱に横たえられているのだ。

しかも、ひとまずの臭い対策としてわんさと詰められた草花のせいで、いっそう棺桶感が増している。そりゃあ異様な光景だろうて。

「それに何なの、この人たち」

続く問いかけには、胸を張ってお応えするとしよう。

「本日助手をお願いしております、私のお友達と婚約者ですわ！」

ばあんと効果音でもつきそうな私の紹介に、殿下は不遜な態度で小さく鼻を慣らし、エレノア嬢はわずかに緊張の色を滲ませ優雅に一礼をとった。

「エレノア・ツー・マクラーレンと申します。突然の訪問をお許しください」

「ギルベルトだ。以前、挨拶はすませたと思うが」

助手というのもあながち間違いではない。

実は本日を迎えるにあたり、殿下とエレノア嬢には事前に講習をすませているのだ。

事前講習の際に我が家でエレノア嬢と遭遇するなり、ギルベルト殿下にはひどく重いため息をつかれてしまいはしたが。

日頃の行いが悪いせいで、無理やり連れてきたと思われたんだろうな……。

違うから！　ちゃんと同意の上だもんね！

「ようこそおいでくださいました。主人もすぐに戻りますわ。お待ちの間にお茶をどうぞ」

私の両隣に殿下とエレノア嬢が、向かいに夫人とセドリック様がテーブルを囲む。

結局、あれ以来顔を見ることができなかったのだが、もう風邪は大丈夫なのかしら。

私の視線に気づいたセドリック様が、訝しげに眉根を寄せる。

「……なに」

「体調はもうよろしいの」

「熱も咳も出ていない」

それは本当かと正面から見据える私に、セドリック様は居心地悪そうにしている。

顔色は普通か。目元の隈もないようだから、ちゃんと休んではいるようだ。

「その後、進展されましたの？」

「おかげさまでアオカビだけを培養しやすくはなったよ。増やすのはまだまだだけどね」

「それは何よりですわ。セドリック様にお願いがございまして。培地を分けていただきたいのです」

「別にかまわないけど。何するの」

「消毒法の検証ですわ。掌や器具を培地に押し当てて、洗浄消毒がきちんと行われているのかを確認するのです」

前世で私が亡くなる頃は、その場で確認できるブラックライトだかを使ったものに取って代わられていたけれど、ひと昔前はこの方法が主流だったんだよね。

自分の掌や医療器具にどれだけ雑菌が残っているのか、目で見て理解できるのだ。

これほど啓発になることはないし、手術室の衛生環境を整えるとっかかりとしては最善だろう。うまくいけば洗浄消毒の技術を身に着けた看護師の待遇改善にもつながるしね。

衛生環境改善の効果実証、第二弾はこれでいく。

「へえ、おもしろそう。押し当てた形のまま残るから、どこに雑菌がいるのか一目瞭然ってわけだ。固形培地ならではだね」

意外な使い方だったのだろう、セドリック様は珍しく楽しげに目を細めている。

「従弟に頼んでいる手袋の完成を待ってからにはなりますが」

「固形培地の論文を医学雑誌に出しておくよ。その方が君もやりやすいでしょ」

なんと。それがあれば成果報告は検証結果のみに集中できる。

「細い試験管だとその検証はしづらそうだし、蓋つきの平たい皿でも頼んでみようかな。中身が固形培地なら零れる心配もないし、僕もそっちの方が使いやすい」

「どちらもたいへん助かりますわ。ぜひともお願いいたします」

「何の話だ」

「リーゼリット様お手製のプディングをヒントに、セドリックがゼラチンの培地を思いついたのですわ」

にこやかな夫人の言葉に、殿下の肩がひくりと小さく揺れる。

ふ、夫人〜っ！　私、殿下にはまだ何も作ったことがないんだ。

仮にも婚約者をさしおいて他のご令息に手作りの品をふるまっただなんて、またもお叱りコースになってしまう。

「……か、風邪をひかせてしまったお詫びにと、いただいたお茶菓子を転用しましたの」

他意はないんだ、あれは諫められる前のことだったし。

すでに据わった目になっている殿下へと、内心冷や汗もので弁明を試みる。

「私もいただきましたが、とてもおいしかったですわ。それも、蒸すのではなく、煮溶かしたギモーヴとミルクを冷やし固めて作られたのだとか。おもしろいでしょう?」

「まあ。ブラン・マンジェを参考にされたのでしょうか。我が国はコーンフラワーで固めますが、異国ではたしかゼラチンを用いると聞きます。ご自身で作ってしまわれるなんて、さすがはリーゼリット様。博識な上に先進的でいらっしゃいますのね」

すごくキラキラした目を向けてくれるけれど、さすがなのはエレノア嬢の方だよ。

私は単に前世の知識があるからであって、ブラン・マンジェの作り方なんて今初めて知ったし、コーンフラワーがとうもろこしの花か、小麦粉ならぬとうもろこし粉か、この前セドリック様から教わった矢車菊かすらもわからないよ!

なんで全部一緒の発音なんだ。いくらなんでも不親切すぎない??

「殿下。今お話にあったコーンフラワーは、他にどんな名称がございますの?」

博識だと褒められた手前、エレノア嬢には聞き出せず、こっそりと隣に耳打ちする。

「は? 他と言えばメイズスターチか。コーンスターチと呼ぶ国もあるらしいが」

なるほど、コーンスターチね~! ……最初からそれでよくない??

「似たものに、遠い異国で咳止めとして用いられているお菓子がございますわ。寒天という材料を用いることでより固い食感になりますし、常温でも崩れませんの。一度いただいたことがありますが、薬とは思えずとてもおいしかったですわ」

寒天…………寒天培地か！　私でも聞いたことあるくらいに有名なものだ。

ということは、ゼラチンの培地よりも絶対に使い勝手がいいってことだよね。

思わず身を乗り出し、興味なさげにカップを傾けていたセドリック様の肩をひっつかむ。

あなたね、何をさらっと聞き流しているんだ。

今、ゼラチンどころじゃない培地の最大の転機なんだぞ！

「セドリック様、増やすのに難渋されているとおっしゃったでしょう？　エレノア様にお願いして、いろいろ試してみるとよろしいですわ。次は寒天にしましょう。それから、コーンフラワーも」

「……はあ？」

「そんな……私などがおこがましいですわ。ただお菓子の紹介をしただけですのに」

「まあ、エレノア様。お知恵をお借りしたいと申し上げたでしょう？　私もまさかプディングが培地のヒントになるとは思いもしませんでしたもの。何が功を奏するかなんて誰にもわかりませんわ。そうでしょう、セドリック様」

再びセドリック様に向き直れば、なぜか煮えきらない顔をしている。

「……いや、別に今ので困ってないから」

何を言っているんだ。ここで断ったら、絶対後悔するんだからね。

「……リーゼリット。あまり強要してやるな」

おもむろに殿下が私の腕を取り、乗り出していた体を引き戻す。

殿下はよろめいた私を抱き留めると、正面から寄せた額同士をこつんと合わせた。

聞き分けのない子どもをあやすようなしぐさだが、言葉にはとろりとした甘さが滲む。

⁉⁉　…………突然どうした⁉

「〜〜っ！　で、殿下……っ」

人様のお宅で何をと手を突っぱねてみるが、うなじに回された手が距離を取らせてくれない。それどころか、自分から額を擦りつける形になってしまったような気さえする。

きゃああ、とエレノア嬢の嬉しそうな悲鳴が聞こえ、羞恥に震える。

動揺しきりの私とは違い、殿下の方はひどく落ち着いたものだ。

ななな、なんで？　なぜ今ひっつく必要が⁉

手作りのお菓子を殿下より先に贈ったことへの仕置きのつもり？

腕の中から逃れようと身をよじっていると、ほぼ吐息の、私だけに聞こえる声で耳打ちされる。

「こいつの同意を得たいのだろう？　俺に合わせろ」

み、み、耳――――っ！

仕置きではなく何らかの意図があることをどうにか理解でき、殿下の胸元に突っ張らせたままだった腕からおずおずと力を抜いていく。

その分、体の距離も近づいたわけで。今までにない近すぎる距離に硬直してしまう。

「リーゼリットが無理を言ってすまないな。俺からよく言っておこう。数少ない貴殿の楽しみを取ってやるな、と」

何が無理で何がセドリック様の楽しみなのかも定かでないが、私が今一番知りたいのは、いったいいつまでこうしていればいいのかということよ……!!

殿下の腕の中から横目で窺うと、セドリック様は人の家で何してんだと冷めきった目を向けており、夫人とエレノア嬢は口元を押さえ固唾をのんで見守っている。

顔が、火を噴いてます、ので、お早く。

向けられる視線から逃れるように殿下の肩口に顔を寄せると、硬質な音が耳に届いた。

おそらくセドリック様だろう、カップをソーサーに戻したようだ。

「……そうだね、僕からもお願いするよ。エレノア嬢、材料を分けてもらえる？」

なんと。頑ななセドリック様から、望む言葉が聞けただと……？

言葉を引き出すのに長けすぎでしょ、殿下。

でもね、少しだけでいいから、想像してみてほしいと思うんだ。

セドリック様から同意を得るや、仕事を終えたとばかりに殿下が席を外した後で、一人残された私がどうやって羞恥に耐えたのかを。

部屋を出る際に扉の隙間(すきま)から見えた、置いていかないでと目で訴えるリーゼリットの頼りなげな姿が脳裏(のうり)によぎる。

…………連れ出せるか、バカ。

「で、殿下……」

足を止め、顔を覆(おお)って項垂(うなだ)れた俺を気遣(きづか)ってか、この家の使用人が言葉をかける。

「構わなくていい」

真っ赤になっているであろう顔を見られたくはなく、掌だけで制するとそれ以上寄ってくることはない。

はあと深く息をつき、熱を散らす。

……危なかった。

セドリックとやらを煽(あお)って言葉を引き出せはしたが、あと少し遅(おそ)ければ必要もないのに抱き寄せていただろう。

見せつけるつもりが、誰にも見せたくないなどと思ってどうする。

いつだったかロータス邸(てい)で耳にした、しおらしい姿に心を掴まれるとはこのことか。

恥じらいつつも身を預けようとする姿がこれほどとは……。

ともすると反芻しそうになるのを、必死に頭から追いやる。

このままではいつまでたっても顔の赤みが引きそうにない。

いいか、忘れるな。俺はあくまでも、あいつを兄につなげるまでの仮の婚約者であり、他の男を遠ざけるためのただのけん制役だ。

騙している手前、できうる限り力になってやりたいとも大事にしたいとも思うが、大事にするという意味をはき違えるな。

分をわきまえろと再度自身に言い聞かせ、再びリーゼリットのいる部屋へと足を戻した。


少々のハプニングはありつつも、ヘネシー卿の到着により、活躍のときを待ちわびた模型人形がついにその全貌を見せた。

エレノア嬢とギルベルト殿下を助手に迎え、畏れ多くもこの国随一の医師へと――すわ、心肺蘇生法の演習開始である。

「資料はこちらになりますわ」

以前へネシー卿に見ていただいたものに一部修正を加えた手順書と、状況に応じた判断を記したフローチャートをテーブルに広げる。

　フローチャートは、意識・呼吸・脈がある場合や、嘔吐やけいれんをしている場合、外傷があり出血している場合、途中で意識が回復した場合にどうすべきかという流れを図式化したものだ。

　人が倒れていたら問答無用で心肺蘇生開始だと判断されては困るからね。

　基本的には前世の手順と同じだが、人工呼吸の表記は潔くすべて省いている。

　その代わりとして、医療者用にアンビューバッグの使用方法を別紙に書き起こしているから、フォローもばっちりだ。

「意識、呼吸、脈の三つを指標とし、いずれも認められない場合は直ちに心肺蘇生法を開始してください。このうち、間違いやすいのは呼吸の確認です。口や鼻が動いていたからと言って、胸元が上下しないものは有効な呼吸とは言えません。呼吸回数が著しく少ない場合も同様ですわ。じきに止まりますので、その場合は自発呼吸がないものと判断し、心肺蘇生法を開始します」

　魚が喘ぐように口を動かしたり、下顎を突き出したり、鼻の穴がひくついたりする、死戦期呼吸。前世でもこれを呼吸ありと判断され、救命に至れなかったケースは少なくない。

　臨終の場に立ち会ったことのあるヘネシー卿であればすぐに思い至れるだろうが、一般の人ではそうもいかないだろう。

「そのため、呼吸の確認方法は遠目に見るだけではなく、頬を口元に寄せて吐息が触れるか、胸が上下に動くかを確認してください」

死戦期呼吸は胸郭がほとんど動かないため、おそらくはこの徹底で防げるはずだ。

これに加えて例外時の対応と、意識が戻った際の回復体位を伝えてから、模型人形とアンビューバッグを使用した実演に移る。

事前にエレノア嬢と殿下から疑問点を聞き出していたために、質問を想定した講義が可能となり、二人の手を借りたおかげで実演中も説明に専念することができた。

ヘネシー卿は普段患者と対峙しているだけあって確認方法や力加減に迷いがなく、セドリック様に至っては予備知識ゼロにもかかわらず、器用にもさくっとこなしてしまった。

まったくもって頼もしい限りだわ。

「心肺蘇生法の継続時間については……ここでご相談させていただければと。ヘネシー卿、もし病院や街中においてこの方法で人を救おうとする場合、どのくらい時間をかけることができるでしょう」

「長時間にも及ぶ方法、ということですな」

「場合によっては。すぐに回復することもございますが、たとえ長く続けたとしても効果が望めない場合もございます」

「それでは、辞めどきを考えねばなりませんな。救貧院や修道院からの迎えを待つ間や、街中で医者が駆けつける時間を考えれば、十五分ならば……ただし状況次第ではそれだけの時間をその一人に割けないこともあるでしょう」

「十分ですわ。では、手順書にそう記しましょう」

今までは助かる見込みなしと即座に判断されていた症例なのだ。

その常識を崩すとなると、現実的な数字が望ましいからね。

「週明けに行われる医者の会合を伝達の機会に予定しております。騎士団へは、陛下からの依頼が入り次第という形になるでしょう」

「では、それまでに可能な限りの模型人形を届けさせましょう。陛下への経過報告のため近く登城の予定がございますの。そちらで日程を伺ってまいりますわ」

この分ならば、陛下から命じられた期日には十分間に合いそうだ。

どうなることかと思っていたけれど、縁に恵まれたわ。

「待て、騎士団にもだと？　訓練時ならまだしも、戦地では実用的でないと思うが」

殿下が驚いたように声をかけてくる。あれ、言ってなかったっけ。

「どういうことでしょうか」

「矢や槍が飛び交う中、十五分もの間続けられると思うか。それではいい的だ」

なるほど、まったくその通りだわ。戦地用の配慮がいるというわけか。

「では、担架などで移動してから行うのは」

「担架を向かわせる余裕はない。気を失っている者を担ぐのは難しいしな。激化している戦場では、せいぜいが動ける者に肩を貸すくらいだ」

そんな状況なのね……。

殿下を含めず今日を迎えていたら、ヘネシー卿に恥をかかせるところだったわ。

今のままでは、前線を想定した場において心肺蘇生は無用の長物と化してしまう。

まずは移動させるところからか。

「一人で容易に運ぶ方法があれば、戦地でも通用するでしょうか」

「それがあれば多くの騎士の命が救われるだろうが……そんな方法があるのか」

担架なしの、単独で人を運搬する方法となれば、レンジャーロールかな。

災害時医療の講習か何かで、担架がないときの運搬法として学んだものだ。

おぼろげにしか覚えてはいないから、試しながら思い出すしかない。

「殿下。少し確かめたいことがございますの。そちらに横になっていただけます？」

カーペットの敷かれた床を示すと、その場にいた全員が驚いたように私を見やる。

王族を床に転がすなどありえないのかもしれないが、殿下は何も言わず横たわってくれた。

「力は抜いておいてくださいね」

殿下のお腹の上へ、交差するように仰向けで寝転ぶと、背中越しに殿下の腹筋が硬くなるのを感じる。力が入っているとやりにくいんだけど、致し方ないか。

周りも驚いている様子だが、構わずに体をひねり、殿下の片足を持ち上げようと膝裏に手を差し入れた。

「痛っ、たあっ！」

突然、肩から背中にかけて衝撃が加わる。

殿下につき飛ばされたのだとわかって、肩越しに睨みをきかせる。

「何をなさいます！」

「それは俺のセリフだ！　何のつもりだ、このバカっ！」

レンジャーロールの実演だよ！

「正しく伝達できるよう、方法の確認をしているのですわ！」

「……っ、目的のためなら周り一切見えなくなる癖を、いいかげんにどうにかしろ……」

殿下は身を起こすなり、頭を抱え込んでしまった。

これ以上の協力は望めそうにないか。

セドリック様は大きく首を横に振っているし、エレノア嬢を下敷きにするわけにもいかないし、ヘネシー夫妻は論外。となれば、残る方法は一つだ。

「わかりましたわ。少々お待ちを」

立ち上がりスカートを払う私を、殿下が怪訝な表情で見やる。

「……どうするつもりだ」

「カイルを呼んでこようかと」

私とでは体格差があるけれど、その場合でも実施可能といういい例になるだろう。

我ながらいい案だと頷き、控えの間に向かおうとしたが、腕を掴まれて足が止まる。

手の主を辿ると、殿下は真っ赤な顔でしばし逡巡したのち、呻くように口を開いた。

「…………俺がやる」

……もしや、やきもちですか。やきもちの方が勝っちゃったんですか？

心臓がぎゅんと変な音を立てるのをいなし、勢いよく大の字になった殿下の上へと乗り上げる。

「まだ力が入っておりますわ」

「無茶を言うな」

この分だとレンジャーロールも人工呼吸同様にお蔵入りになりそうだなあと思いながら、さきほどのように殿下の足に腕を回す。

足の付け根を支点にして、たしか……自分の肩に担ぎ上げながら斜め前に回転するんだっけ。ころりと回ると膝立ちの私の背に殿下の胴が乗る形となり、おおっと周囲が沸く。

ふふん、すごいでしょう。私もね、……実は一度でできて驚いている。

だらりと投げ出された四肢のうち、足だけ持っていては殿下の体がぐらつく。

腕と足を一抱えにするのだったか。

担いだ膝裏から殿下の腕へと片手を回して固定すれば、安定感が増した。

ここから立ち上がれれば完璧だ。

「ふんっ！」

勢いをつけてはみたものの、片膝立ちになったままプルプル震えるばかりだ。

そう甘くはないか。

「…………残念ながら私の力ではここまでのようですわ」

潔く諦めて肩から殿下を下ろす。

「このように相手の体を引き寄せつつ、自身が回転する力を利用して担ぎますの。腕の力だけでなく体全体を用いることで、体格差のある相手でも持ち上げることができますわ。熟練すれば、寝転ぶことなく立った状態から素早く転がり、担ぎ上げることも可能です」

ヘネシー卿はこの運搬法に興味津々といったご様子。

さて、殿下はいかにと振り返ると、今度はセドリック様の腕をしかと摑んでいた。

「おい、セドリックとやら。練習相手になれ。貴殿にも覚えてもらう」

「えっ……嫌なんですけど」

断り文句はなかったことにされたようで、その後しばらくころころと床を転がる二人の姿が見られたのだった。

　ヘネシー邸からの帰り道。蹄と車輪の音に混じる小さな笑みに、殿下が片眉を上げる。

「何やら楽しそうだが、いいことでもあったか」

「想定していたよりも順調に進んでいるものですから。縁に恵まれましたわ」

　陛下からひと月以内の騎士団への伝達を依頼されたときは不安でいっぱいだったけれど、当初の予定よりもはるかに良いものを期限内に届けることができそうなのだ。

　医師ではなくとも、こうして皆の助力を得ていけば、これから起こることもなんとかなるのではという気さえしてくる。

「何を今さら。おまえの成果だろう」

「私一人ではなしえませんでしたわ。先の運搬法も、戦地を知らぬ私ではその必要性に思い至りませんでしたもの。また、今日の伝達が叶いましたのも、ヘネシー家のご事情が落ち着かれたからこそ。セドリック様が早々にご自宅へと戻る決意をされた理由は、私に婚約者がいると知ったためと聞いておりますわ」

「……まあ、協力すると言ったのは俺だからな」

「他にもあります。培地の件でセドリック様の了承を引き出せたのも、レスター先生の授業が順調に進みましたのも、レヴィが前向きでいられるのも、殿下のご尽力あってのものかと。気球や手術室でも、殿下の存在を頼もしく感じましたし」

指を折り殿下への感謝を連ねていく。

振り返れば振り返るほど、綱渡りのような日々をこうして前に進んでこられたのは殿下のおかげなのだとわかる。

「……褒めても何も出ないぞ」

すました顔して若干そわついているのを隠せておらず、私は必死に唇を引きしめる。

その反応が一番のご褒美だってこと、殿下は一生知らなくていい。

国王陛下からの褒美を何にするかまで気が回っていなかったが、今決めたわ。

ギルベルト殿下が陛下から相応の評価を得て、照れくさそうに喜びをかみしめるのを、隣で堪能させていただくとしよう。

そんでもって、市井の殿下への理解の促しに、一役買ってもらおうじゃないの。

あちこちから寄せられる好意的な反応をどんな態度で受け止めるのか想像してしまって、顔が緩みすぎだと殿下に頬をつままれるのだった。

七章◆恋愛音痴には荷が重い

重厚な扉が押し開かれ、豪奢な王座を眼前に臨む。迎えた経過報告。

再びの拝謁に足はすくみかけ胃は痛みそうになるが、できることはすべてやったし、期限までまだ日はあるし、叱責を受ける要素は一つもない。

ヘネシー卿からは医師たちへの伝達が上首尾に終わったと聞いている。模型人形の臭いも緩和され、量産体制も整った。保清の効果実証の企画書も書き上げているのだから。

隣へと視線を送れば、気遣いの滲む赤い瞳とかち合う。

何より今日は殿下が一緒なのだ、前回に比べればはるかに心が軽いわ。

「お時間を賜りましたこと、衷心より拝謝申し上げます」

「よい、楽にせよ。して、経過はいかに」

「保清の効果実証の企画書はこちらを。陛下のご返答を待って進めてまいります。なお、続く第二弾として、洗浄消毒の検証を予定しております」

侍従に企画書を渡し、鷹揚に頷く陛下のもとへ届けられるのを目で追う。

「ふむ、確かに」

「かの方法はこれへ」

侍従が木箱の蓋を開けると、レモングラスがふわりと香り、模型人形が姿を見せた。

エレノア嬢の知識とレヴィの観察眼により、ゴムの臭い緩和に最適な精油を見つけることに成功したのだ。おかげで木箱から草花が消え、ご遺体かなとは思われにくくなった。

「こちらは講義で使用する練習用の人形ですわ。伝聞書だけでは手順を理解しづらいですし、また、定期的に訓練を積むことでとっさの場合にも即応が可能となります。主だった病院にはすでに配置ずみですわ。一体を騎士団用として献上いたします」

別の箱からアンビューバッグを取り出し、よく見えるようにと蓋の上に据える。

「また、こちらは医者のみが用いる、呼吸を補助する器具でございます。どちらもヘネシー卿より病院への伝達を完了しております」

「尽力に感謝しよう。費用は計上して申請するがいい。追って報奨金と合わせ国費から捻出しよう」

「ありがたく頂戴いたします。陛下、騎士団への伝達の日取りはいかがいたしましょう」

「卿の予定もあるだろう。使いをよこそう」

なんとか王命は果たせそうだなと一息つくと、王座の陛下が満足げに口角を上げた。

「よもや期限内にここまで達成しうるとはな」

「縁に恵まれましたわ。ギルベルト殿下にご参加いただいたことで、騎士団の実情に見合ったものを準備することができましたの。病院への伝達内容に一部変更を加え、負傷者の運搬法も追加しております」

「ほう。ギルベルトは普段から騎士に交じって鍛錬を積んでいるのだったか。腕前もなかなかのものと聞くが、日々の成果が思わぬところで発揮されたか」

「私は見聞きした情報を伝えたまでで」

思いがけず陛下に褒められ、殿下は小さく会釈を返す。

ギルベルト殿下にとって、父であり王である陛下の言葉は格別なようだ。

かしこまってはいるが、瞬きは多くなり、横顔には戸惑いと喜びが滲む。

はうっ……か、……かわいい……！

すぐ傍という特等席で見届けることができ、すでに感無量ではあるが。

望む褒美はもう一つあるのだ。

殿下なしにこの成果はなし得なかったのだと、多くの人に知ってもらいたい。

効果実証の企画書では、勝手に殿下の名を連ねてこっぴどく怒られてしまったからね。

ばっちり陛下の認可をもらって、堂々と功績を称えてもらおうじゃないの。

「それで、褒美は決めたか」

よしきた。その言葉を待っていたよ。

「はい。騎士団への伝達にギルベルト殿下の名を加えていただきたく……」

私の言葉に、なぜか隣で殿下がぎょっとしたようにこちらを見た。

「それはならん」

ばさりと切り捨てられ、そのあまりの容赦のなさに目をしばたいてしまう。

ああ、そうか。心肺蘇生法の伝授には、私が表立って関わらないから。

私の名を出さずともエレノア嬢とギルベルト殿下の連名となれば、なぜこの二人なのかと誰もが疑問を覚えるだろうと危惧してくださっているのね。

「私の名入れについてご懸念でしたら、ご心配には……」

「陛下、これは私の本意ではありません」

隣からかぶせられたギルベルト殿下の言葉に、ただただ目を丸くする。

「そうであろうな。リーゼリット嬢よ、承服されよ。たとえ何があろうとも、それが何であっても、ギルベルトの名を出すつもりはない」

……へ？

効果実証の企画書のときのように、殿下の名を利用しようとしているわけじゃないのだ。

功労者として殿下の名を刻むことが、どうしていけないの？

「次子が長子よりも目立てば争いのもととなる。それは避けねばならぬ」

「……では、保清の企画書に殿下の名を連ねたことを諫められたのも、その意図で……」

「然り」

えっと、それはつまり……この先、殿下が大きな功績を残したとしても、すべてなかったことにされるってこと？

何の咎もないのに理不尽に貶めておいて、それを挽回する機会すら与えられないって？

……………なんだそれは。

「陛下は、市井でギルベルト殿下が何と呼ばれていらっしゃるかご存じないのですか」

「リーゼリット、やめろ」

殿下が私の腕を取り、諫めようとする。

それに流した視線のみで返し、口を閉ざす気がないことを示す。

「知らぬはずがなかろう」

「それを承知の上で、争いの芽を摘むためだと、この先ずっと、何一つとして咎のない殿下に耐えろとおっしゃるのですか？」

「それはファルスの力次第であろう」

言葉の意味がわからず、怪訝な表情を向ける私に、殿下が再び腕を引く。

「聞き分けろ。おまえが口を挟めることではない」

なんでそんなに冷静なの。なんでこれを受け入れてしまえるの。

第一王子よりも目立つとよくないからだって？

そのために日陰の身どころか、忌避の対象とされることすら必要なことだと、心を殺して生きていくって言うの？

「……殿下は、これが本当に最善だとお思いですか。自分を犠牲にしなければこの国は平穏たりえないと？」

殿下は私の問いかけに顔色一つ変えず、ああと頷く。

誰かの犠牲の上に成り立つ平穏など、どこかに歪みが生じる。長く続くわけがないのだ。

その事実を知ってなお、誰もが皆、何の憂いもなく笑顔でいられるとでも？

「ギルベルト。おまえは自身の領分を理解し、実によく兄に尽くしてくれている。誇りに思う」

王座から降る陛下の言葉に、殿下は戸惑いも喜びもなく、ただ当然であるかのように静かに頭を垂れる。その様子に、頭から冷や水を浴びせられた気がした。

そういう、ことか。

陛下はたかだか三年育てただけだと思っていたけれど、その実本当に育てていたのだ。

自らは何もせず、ファルス殿下にすべてを担わせることで、兄弟が互いを慈しみ、弟が兄に尽くすようにと。

人の感情を操作するのに、わざわざ、あえて、十年以上も、冷遇してきたっていうのか。

実の子どもを。それを、言うに事欠いて教育だと……？

王として国を治めるために、人心を掌握し意のままに操ることに長けているのだろうが、だからってこんな非道が許されていいはずがない。

目の前にいる相手が心を持たない人形だとでも思っているのか。

湧き上がる怒りのままに拳を握り、鷹揚に構える陛下を下からねめつける。

「陛下。リーゼリットには私からきつく言い含めておきますので、ここはどうか、穏便に」

喧嘩腰の私の身を案じてか、傍らでギルベルト殿下が深く頭を下げた。

こんなひどい状況であっても他者を案じられる、かばおうとさえする、殿下の人となりを皆が知れば、評価なんていくらでも変えられるのに。

……私のせいか。私が原作を捻じ曲げたせいで、第二王子であるギルベルト殿下が自分自身の力を、言葉を、行動を、その身で示す機会を奪われたっていうのか。

「日を改めてまたご報告いたします。本日は、たいへんなご無礼を」

殿下が私の背を押し退室させようとするのを、払い退けて居座る。

「……話はまだ終わっていませんわ」

「聞け！　俺はこれでいいんだ」

「私は、嫌ですわ！」

「――っ！　わかっている、だから俺は、おまえを……っ」

わかってない！　私のことも、自分自身のことだって。

でなければ今、そんな風に苦しそうな顔をするわけがないでしょう?!

「わからんな、何をそう憤る必要がある。ギルベルトにしても、そう悪いものでもなかろう。人は不当な扱いを受けた者に対して寛容になる。ご令嬢にも覚えがあるのではないか。生い立ちを聞いてどう思った。慈しみ、助けになりたいと考えたのではないか?」

……この人は本当に何を言っているの。

殿下に親切にする者すら、あなたが意図的に作り上げた幻想だっていうのか。

「お言葉ですが、陛下。それはギルベルト殿下を大切に思う誰かの気持ちに、泥を塗る行為だとお思いにはなりませんか。今の言葉を聞いた殿下が、その誰かに負い目を感じるだろうとも。陛下はそれらをどなたからも教わら……」

「いいかげんにしろ！　これ以上はよせ、俺では守ってやれなくなる」

ギルベルト殿下が硬い表情で陛下との間に立ち入り、私の視線を遮る。

一国の主に向けていい目でも言葉でもないことくらい、私にだってわかっている。

でも、どうしたって許せないのだ。

こんな風に、人を人とも思わない王が。

こんな非道な言葉を、殿下に聞かせてしまった自分自身が。

「私だって、あなたを守りたい。この先共に過ごす日々を、楽しいものだと感じてほしいのですわ！　陛下に今ご理解いただかずして、どうして叶うの?」

すがるように殿下の腕を握り訴えるが、殿下は苦しげに眉根を寄せ、唇を噛みしめるばかりで何も言ってはくれない。

そんな表情をさせたいんじゃない。

俺もそうありたいと、ただその一言が聞きたいだけだ。

あの日の私の行動で、兄を失う孤独と重圧からは救えたかもしれない。

でも実際は、殿下に終わりの見えない自己犠牲を強いることになってしまった。

本来得られるべき恩恵を奪ってしまった。

もしかしたら、陛下からかけられる言葉はもっと温かなものだったかもしれないのに。

伝わらない思いに、自分自身への悔恨に、力なく項垂れる。

「……確かに私は、殿下を慈しみ、助けになりたいと考えておりますわ。生い立ちを伺い、殿下に向けられる市井の目を知り、……あなたのお兄様を救った者として。けれど、それは陛下のおっしゃった理由とは異なります。それだけは、どうか誤解なさらないで」

お願いだから、陛下の言葉に縛られて、私に負い目など感じないでほしい。

赤い眼を覗き込み、少しでも心が揺らぐ気配はないかと探すが、声に阻まれる。

「我が言葉の通りではないと示す根拠がなければ、説得力に欠けよう」

揚げ足取りが趣味か！

でも、おあいにくさま。心中の証明など、過去の行動が容易に示してくれるわ。

「それならば私の行動をよくご存じのギルベルト殿下こそが証人となりましょう。私は、そこに顔色の悪い方がいれば声をかけるでしょうし、倒れていれば駆け寄り、困っていれば手伝えることがないか探してしまいますわ。文字通りこれは生まれ持った性分で、そう簡単に変えられるものではございませんもの」

「ほう、ではすべては性分からだと？」

ああ言えばこう言う。

「ギルベルト殿下にいたっては、その限りではございませんわ」

そう、忘れてもらっちゃ困るけど。

「私、不器用さに惹かれますの。それから、ツンデレ」

「は、ツン……？」

突然何をとギルベルト殿下が戸惑いの声を上げるが、私の据わりきった眼は殿下を離れ、王座へと向かう。

「陛下はご存じないでしょうが、ギルベルト殿下の性質は私の好みドンピシャリなのですわ。小器用なくせに大事なところが締まらず、わかりにくくて気づかれにくい優しさとか、護ろうとしてくれているのに格好つけきれていないところも、すました風を装っていながら内なる感情が透けて見え、いざ甘えてみたはいいけどその後どうしていいかわからずに一人で戸惑っているような、そういう細かいところにグッとくるのですわ。陛下にわざわざお膳立てされずとも、傍にいれば自ずと……って」

　こっちが真剣に熱弁しているっていうのに、場にそぐわぬ笑みを向ける陛下に、違和感を覚えて言葉を切る。

　恐る恐る視線の先を辿れば、そこにはかつてないほど顔を赤く染めたギルベルト殿下が、何かを堪えるように口元を押さえていた。

……私、今……もしかして……盛大に告白めいたことをまくしたててしまったのか？

それも、あまり褒められた感じでもなく。

殿下と見合ったまま、ぼぼぼと音が聞こえるくらいに、すごい速さで顔に熱がたまる。

「こ、これはっ……その、そ、そう！　そういう嗜好って、ことですわ！」

今のは、嗜好の話以外の何物でもなかったはず、だよね？

お願いだから固まってないで、そうだと言って……！

王座から楽しそうにこちらを見やる陛下に、過ぎた日の記憶が蘇る。

『ギルベルトとのことは、想像に任せて楽しませてもらう』という……。

えっ、まさか、うそでしょ？　いつから？　いったいどこから？

こんな非道は許せないとか息巻いておいて、実際は陛下の掌の上で見事に転がされていたっていうの?!

あなたは楽しんだかもしれないけどね、この後私にどうしろって言うんだ。

この、自他共に認めざるを得ない恋愛音痴に!!
いや――――っ!　誰か時を戻してぇっ!

二人分のゆでだこはその後ろくな話もできず、退室を命じられたのだが。

回廊を撫でる爽やかな風を感じながらも、頬の熱はいまだ冷めやらずにいる。

ぎくしゃくと動く手足が、同時に出ていないことが奇跡なくらいだ。

殿下は私の心のオアシス兼、恋愛音痴の頼みの綱でもあったのに。

これから先の荒波をどうかいくぐっていけばいいんだ……。

「まあ、すべて陛下の方便だったと思えば……」

あのひどい言い草も、私を焚きつけるためだったのなら許せもしよう。

ぽつりと零した呟きに、隣を歩く殿下が呆れたような返答をくれる。

「……何を言っている、陛下の言葉はすべて偽りない真実だ」

その言葉がにわかには信じられるものではなくて、勢いよく振り返る。

「は?!　あの、情の欠片もない言葉がですか?!」

「おい……不敬にもほどがあるぞ。一国の主が情に流されていてどうする。陛下は人の親である前にこの国の王だ」

「そ、それを早く言ってくださいまし！」

あの王様め、自分の聞きたいことだけ聞き出して、肝心な私の要求は煙に巻いたってことじゃないか！

慌てて踵を返す私を、殿下の腕が阻む。

「何をするつもりだ」

「決まっていますわ、直談判をいたしますの。交渉材料でしたら今戻ればありますもの」

謁見の間には届けたばかりの模型人形がまだ残っているはずだ。

効果実証の企画書だって、陛下の名なんていらないと取り返しに行きたい。

来た道を指さす私に、殿下が大きなため息をつく。

「無駄だ。一度まとまった話を撤回するなぞ、心証を悪くするだけで何の利点もない」

だからって、このまま引き下がるなんて。

「……殿下のお気持ちも変わりませんの？」

「当たり前だ。俺の一存で変えられるか」

せ、千載一遇のチャンスだったかもしれないのに……！

「そもそも初めから俺は騎士団への伝達に名を出すつもりもなければ、指導側に回る気もなかったのだ。そのためにセドリックとやらに実践させたんだからな」

なるほど……だからあんなに何度も、セドリック様と転げまわっていたのか。

「だというのに、まさか陛下に俺の名を連ねるよう頼むとはな」

呆れたようにため息をつくけれど、殿下側の事情なんて知る由もなかったのだ。

それも、あんな非情な。

この国のために自己犠牲が必要なのだというギルベルト殿下の考えは、この先もずっと変わらないのかな。ファルス殿下に任せるしかないのかな。

三年たっても市井どころか病院関係者の認識すら変えられていないのに？

さらに何年も隣でやきもきしながら待つだけなんて、私にできるわけがない。

だったらファルス殿下に発破をかけるなり、裏で画策するなりしてやるわ。

効果実証を行うために病院に通う私に、殿下はついてくる気なのでしょう？

それならばなおのこと連れ回して、殿下の人となりを知らしめてやろうじゃないの。

「……私が前に殿下にした宣言を、覚えていらっしゃいます？」

「『俺の婚約者でよかっただろ』と俺自身に言わせるという、あれか」

「ええ。私はまだ、その意志を変えておりませんわ」

私が『あなたの婚約者でよかった』と言うのではだめだ。

これまでの様子を見るに、軽々しく殿下の口から聞けるものとは思っていない。

殿下が自らを肯定することができ、生き様を幸せだと感じ、そしてその隣にいる私をも幸福にしていると自負できたときに初めて聞ける言葉なのだ。

今すぐは無理でも。

殿下が未来を明るいものだと、自分自身の可能性を信じられるようにしてやるんだから。

「私は、あなたが幸せだと思える日を諦めたりしないわ。そのとき、隣にいることも」

「────っ！」

殿下は驚いたように言葉をつめ、寄せた眉根ごと目元を掌の内に隠してしまった。

「……どれだけ諦めが悪いんだ。……おまえといると、ペースが崩れる」

「あら。それはいい意味でということですわよね？　早くも変化の兆しかしら」

「バカ、そううまくいくか」

殿下は軽く私の額をこづく。

そのすましたような顔が少しだけ嬉しそうに見えるのは、気のせいではないと思うんだ。

「あー……なんだ、その、……俺は、だな……」

何かを言おうとしているようだが、歯切れの悪い物言いでは何もわからない。

じっと待っていると、殿下は大きく息を吐き、私の手首を摑んで足早に歩きだした。

「で、殿下。どちらへ？」

行き先は告げられず、手を引かれるまま回廊から外れた。

森の中を泳ぐように進んでいくと、開けた視界一面に鮮やかな黄色が臨む。

高木の枝葉が枝垂れるほどに、小さなポンポンのような花がたわわに咲き誇っていた。

「この光景を、おまえにやる」

足を止めた殿下が、私を背にしたまま告げる。

「……と言っても記憶にとどめてもらうくらいだが」

肩越しにこちらを見やる、殿下の頬はうっすらと赤い。

今日のお礼ってこと？　この場から察するに、困らせただけではないのだと嬉しくなる。

「ありがとうございます。このような素敵な場所、決して忘れられませんわ」

照れくさそうな様子にほっこりして後ろから覗き込むと、さあっと一陣の風が吹き抜け、はちみつのような甘い香りが鼻腔を満たした。かわいいだけでなく香りまで楽しめるのか。

本当にいい場所だなあと花を見上げた私の顔に、殿下の指が影を落とす。

殿下は風に乱れた私の前髪を直すと、確かめるように横髪に触れた。

ぎこちなく触れる指に、時が止まったようになる。

何かに耐えるようにじっと私を見つめ続ける、真剣みを帯びた双眸。

誰に見られることもない、秘密めいたこの場の雰囲気も相まって、にわかに心臓が跳ね上がる。

あれ、もしかして。今、ものすごくいい雰囲気なのでは⁉

これまで殿下が私に触れてきたときのような、誰かに見せるためのものではない。

照れ隠しのごまかしすらなく、こちらの緊張を誘うような眼差しに、自分が今どんな顔しているのか不安で隠してしまいたくなる。

声が出そうになるのを我慢し、わずかに身をすくめるのがやっとだ。

常とは異なる様子の殿下を見続けることはできず、ぎゅうと目を瞑り――

大いに後悔した。

うわ――――！　なんで瞑っちゃったの、私!!

これ、これ、絶対にキス待ち顔だと思われているよね??

瞑ったままだとねだっていると思われる？

今すぐに目を開けたらごまかせたりする？

でも目を開けて殿下のドアップがあったら、私はいったいどうしたらいいの??

脳内が騒然としているわりに感覚は鋭く、髪が梳かれていくのをはっきりと感じる。

心臓が耳元で鳴っていると思うほどなのに、殿下の衣擦れの音にすら反応してしまう。

殿下の気配が、ち、近づいてきて……。

「〜〜〜〜ッ」

もう、もう、ひと思いにやってしまってぇ……！

唇への感触に全神経を集中させていると、くんと髪を強めに引かれ、その刺激につられて瞼が上がる。

離れていく殿下の指の間に、小さな黄色が見えた。

「何を期待しているんだ、このバカ」

ほんのりと頬を染めた殿下の、呆れたような声がふってくる。

黄色く、小指の爪ほどもないポンポンのような花は、今しがた見上げたばかりのものだ。

……ということは、つまり……髪についた花を取ってくれただけってこと？

「き、き、きっ、期待なんてしてておりませんわ！」

これ以上ないくらいに熱くなる頬を両手で覆う。

慌てて否定したせいか、上ずった声になってしまってさらに焦ってしまう。

「ただ少し、いつもと違うご様子でしたから緊張してしまったまでで……！　殿下こそ、いったい何を考えていらしたのかしらっ」

自分の勘違いをごまかすように、殿下が触れた横髪をくしゅくしゅと握る。

「なっ！　別に何も考えてないからな。花だ、花。見ればわかるだろう」

ひらひらとかざされる指の間には、何度見てもかわいらしい花が存在を主張している。

わかっていますけども――――っ!!

何なの、いつものツンデレ発動なの？　ただの私の勘違いなの??

今すぐここから逃げ出したいけれど、帰り道がわからないので立ちすくむしかない。

「……も、申し訳ありませんでしたわ。取っていただいて……」

「いや、まあ別に。連れてきたのは俺だしな。……その、言葉の代わりにと……」

殿下は口元を手の甲でぬぐうが、その指には丸い花を挟んだままだ。

小さくて丸いかわいい花を間近に目にして、はたと気づく。

……もしかして、ここに来たのはお礼じゃなく、私への返事だったりするのか？

この場に誘う行動自体に意味があるのか、はたまた花言葉あたりが関係しているのか。

ものすっごく気にはなるんだけど、残念ながら相手は私なので何一つ伝わってこない。

「あの、殿下。たいへん申し上げにくいのですが、私には花言葉どころか、花の名前もわからないのですけれど……」

「案ずるな、そうだろうと思ってのものだ」

なんですと？

この場も見せたし、用はすんだから帰るぞと再び手を引かれ、たたらを踏む。

「すっ、少しだけお待ちを。せめて一房、いいえ一輪だけでも持ち帰りたいのです」

「却下だ。どうせあの侍女に聞くつもりだろう。ああ、絵を描きたいなら自由にしろ。あの図案の腕では伝わるまいが」

なっ、そんなご無体な。

私の弱点をことごとくついてくるなんて、ツンデレにもほどがあるんですけど？

引きずられるようにその場を後にし、結果、持ち帰りはあえなく失敗。

ドレスに紛れていやしないかと裾をバサバサ振ってみたけれど、一つも見られなかった。

奇跡を信じて描いてはみたが、ナキアの『ブドウですか？』の一言でペンを置いた。

……女子力の、壁か………。

恋愛小説の世界は私には難易度が高かったらしい。

諦めて企画書でも練ろうと本棚に向かった私は、それを目にした。

いいものがあったわ！

もしもハーブとして用いられている花ならば、この中にあるはずだ。

ヘネシー夫人からお借りした分厚い薬草学の本をぱりぱり捲っていくと――

「あった！　ナキア、ミモザの花言葉を教えてほしいわ！」

殿下のツンデレ見破ったりぃ！

「ミモザですか？　有名なものでは『友情』『優雅』でしょうか。異国ではたしか、『思いやり』や『感謝』という花言葉として用いられると聞きます」

うーん、優雅は絶対にないな、賭けてもいい。となると友情や感謝か……。

「色でも意味が異なりますわ。何色のミモザでしょうか」

「黄色よ」

ナキアはぱちぱちと目をしばたいたのち、柔らかく微笑んだ。

「でしたら、花言葉は『秘密の恋』になります」

……秘密の……？

婚約している立場で秘密も何もないよね。ということはこれもなしと。

今日の私への返事のようだったし、なんとなくいい雰囲気のように感じていたのだけれど、恋愛要素は皆無ということか。

すなわち、純粋に、単なるお礼だったと………。

「ち、地中深くに埋まりたい……」

盛大な勘違いと羞恥にへたりこみ泣きそうになっていると、呟きを耳にした優しい従弟が駆け寄ってくる。

「リゼ姉さま。掘削機をご所望でしたら、すぐに僕が！」

違うんだ、物理的な意味合いじゃないんだ……。

ああでも本当に穴に潜ればこの気持ちも落ち着くだろうか。

こっそりとミモザに込められた殿下の想いなど伝わるはずもなく、自他共に認める恋愛音痴はドレスへと顔を埋めるのだった。

あとがき

このたびは本著をお手に取っていただき、誠にありがとうございます。

初めてのことばかりで何もかもわからない中、根気よく導いてくださった担当編集様には心から感謝申し上げます。コンテストで本作品を選んでくださった審査員の皆様、素敵な作画をしてくださった小田先生、小田先生と引き合わせてくださった漫画編集様、制作に関わってくださった方々、無理を聞いてくださった職場の皆様、取材にご協力くださった方々、Ｗｅｂ版の頃から応援してくださっている読者様にも、感謝の念にたえません。

また、本作品を生み出すきっかけとなった亡き父にも、この場をお借りしてお礼を。

新型コロナの影響で社会は一変してしまいましたが、掌に納まる小さな世界たちはいつも気持ちを上向きにしてくれました。

本著が皆様にとってのその一助となれば、これほど嬉しいことはありません。

一日も早い収束と、皆様のご健康とご多幸を願って。

さと

■ご意見、ご感想をお寄せください。
《ファンレターの宛先》
〒102-8177 東京都千代田区富士見2-13-3
株式会社KADOKAWA ビーズログ文庫編集部
さと 先生・小田すずか 先生

ビーズログ文庫

●お問い合わせ
https://www.kadokawa.co.jp/(「お問い合わせ」へお進みください)
※内容によっては、お答えできない場合があります。
※サポートは日本国内のみとさせていただきます。
※Japanese text only

悪役令嬢は夜告鳥をめざす

さと

2021年5月15日 初版発行
2021年8月20日 再版発行

発行者 青柳昌行
発行 株式会社KADOKAWA
〒102-8177 東京都千代田区富士見2-13-3
(ナビダイヤル) 0570-002-301
デザイン 世古口敦志+前川絵莉子(coil)
印刷所 凸版印刷株式会社
製本所 凸版印刷株式会社

■本書の無断複製(コピー、スキャン、デジタル化等)並びに無断複製物の譲渡および配信は、著作権法上での例外を除き禁じられています。また、本書を代行業者等の第三者に依頼して複製する行為は、たとえ個人や家庭内での利用であっても一切認められておりません。

■本書におけるサービスのご利用、プレゼントのご応募等に関連してお客様からご提供いただいた個人情報につきましては、弊社のプライバシーポリシー(URL:https://www.kadokawa.co.jp/)の定めるところにより、取り扱わせていただきます。

ISBN978-4-04-736500-1 C0193
©Sato 2021 Printed in Japan

定価はカバーに表示してあります。
◇◇◇

ビーズログ文庫

異世界で聖騎士の箱推ししてたら尊みが過ぎて聖女になってた

聖女の素顔は前世ドルオタ!?
推しへの愛(尊み)で
世界を救います!

のんべんだらり

イラスト／RAHWIA　キャラクター原案／山悠希(やまゆうき)

試し読みは
ここを
チェック★

類い稀な魔力を持つ聖女・ミレーナ。しかしてその正体は、国のトップである聖騎士3名を『箱推し』する愛のパワーで、その地位に上り詰めた前世ドルオタ！　今日もひたすら推しを尊み、聖女の奇跡を起こしてみせます！